擦肩而过的好食光

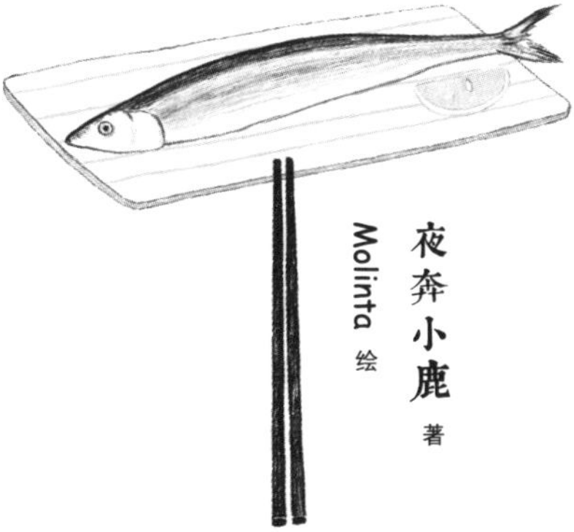

夜奔小鹿 著
Molinta 绘

北京时代华文书局

图书在版编目（CIP）数据

擦肩而过的好食光 / 夜奔小鹿著 ; Molinta 绘 . -- 北京 : 北京时代华文书局 , 2017.7
ISBN 978-7-5699-1429-0

Ⅰ . ①擦… Ⅱ . ①夜… ② M… Ⅲ . ①散文集－中国－当代 Ⅳ . ① I267

中国版本图书馆 CIP 数据核字（2017）第 040438 号

擦 肩 而 过 的 好 食 光

CA JIAN ER GUO DE HAO SHI GUANG

著　　者 | 夜奔小鹿
绘　　者 | Molinta

出 版 人 | 王训海
选题策划 | 高　磊
责任编辑 | 余　玲　徐　蕾
封面设计 | 天行健设计 QQ:1156584786
版式设计 | 段文辉
封面插画 | 王慢慢
责任印制 | 刘　银　范玉洁

出版发行 | 北京时代华文书局 http://www.bjsdsj.com.cn
北京市东城区安定门外大街 136 号皇城国际大厦 A 座 8 楼
邮编：100011　电话：010 - 64267955　64267677
印　　刷 | 北京京都六环印刷厂　010 - 89591957
（如发现印装质量问题，请与印刷厂联系调换）
开　　本 | 880mm×1230mm　1/32　印　　张 | 7　字　　数 | 120 千字
版　　次 | 2017 年 7 月第 1 版　印　　次 | 2017 年 7 月第 1 次印刷
书　　号 | ISBN 978-7-5699-1429-0
定　　价 | 42.00 元

世间之情，因食而起
食物背后亦总隐藏着回忆与故事
我们凭着共同的喜好、特定的味道，
与相似的灵魂不期而遇

目录

CONTENTS

Part C　**半小时的闲适自如**

Part D　**三刻钟的静默酝酿**

Part E　一小时的耐心守候

Part A

十分钟的悠然自得

循环往复，滋味常新

——蚝油素炒快食面

柔软的心底生出嫩芽

——酸奶盆栽

撂倒平庸日常的坚持

——港式火腿西多士

一人独享宅的乐趣

——酱汁杏鲍菇

老赵　出租车司机。

40岁，做司机已有十年。

因家庭突生变故，从家乡来厦门打工。

每天穿梭在厦门的大街小巷，爱贫嘴也乐观。

循环往复，滋味常新

蚝油素炒即食面

一个最普通不过的周三深夜，哪怕是开着空车瞎转悠，老赵也不会为跑不成几单生意犯愁。

北方时不时落雪的料峭春寒，在三月尾的厦门早已不见踪影。接近正午时赤脚踩在白城沙滩，走一步陷一步，脚底板就开始泛起微微的热。大风卷着海的咸腥味拍向脸颊，路中央的凤尾蕉叶“哗哗”作响。

“南方”两个字已足够吸引人。这里有潮湿松软的土地，耳鬓别鸡蛋花的姑娘，还有阳光明媚的鼓浪屿，成批成团的游人、出差客乘着飞机来到厦门。老赵瞅了眼表盘上的指针，正跳到21点，此刻接机大厅不知疲倦，白炽灯光里透出熙熙攘攘。

载乘客从机场奔往市区这条线，老赵跑了十年。从清瘦健壮的小伙到小腹看得出凸起痕迹的阿叔，全仗着他整日整夜勤奋地“坐着”往前跑。倒退回十年前，那时候他还是小赵，粗眉细眼的平凡模样扔进人群里让人不会看第二眼。就这么顺着生命轨迹疾速迈入而立之年，肩上担着还没来得及消化完的年少轻狂。当他以为一切都会慢慢来慢慢好时，爸爸患上胰腺癌晚期的诊断书终于炸出了他掩在心底的迷茫不安。那年他的30岁记忆，全被覆盖上白色的病号床单。

老天爷来收这个普通家庭的债，小赵只有去借别的债来还。白眼、冷嘲、闭门羹、打哈哈，除了钱他收下不少。难到极点时，还会梦到“逆境”对自己摊手说“无能为力帮不了你”。大抵是跌入谷底只能反弹求生，小赵的责任感在一夜梦醒后突然滋长，他翻出当兵时拿到手的驾驶证，辗转从曾经一起共事的老班长那里打听到，离家乡并不遥远的厦门旅游业在慢慢发展。去那儿当个出租司机跑跑车，收入总比拿死工资好。

辞掉公务员工作，别了老婆、儿子、母亲和躺在病床的老父，投入另一个迫不得已的陌生天地。为什么要生离死别，这问题老赵从没听到过标准答案，他管它叫“人生无奈”。

车门“啪”的一声被关上，老赵心头一惊，挣扎跳出回忆。副驾坐进一个大学生模样的男孩，戴着眼镜。刚坐稳，趁着从双肩包里掏手机的工夫冲老赵咧开嘴："师傅，你好。去厦大学生公寓。"

开了这么些年的出租车，算算足够生命的五分之一长度，老赵的车驶过这座城，也将这座城逐渐绕进心底。有外地游客好奇，问这问那，秉着良心不瞎忽悠是他的原则，比如这儿坑钱，那儿早上9点前去能省一半门票，他都会一一告知。

有人讲，出租车司机是世上最耗时、最无望的职业，尤其是当前路拥堵、后路无处可退时，眼前一点一点淌过的不是什么FM调频交通路况播报，而是时间。当车再次启动前行，去的始终还是那些已走过无数回的地方。"打转"变成整个人生的目的，在逼仄的车厢空间里踟蹰不前。老赵听人这么调侃过，却并不往心里去。他不懂这些文绉绉的话语，只想平平安安上班、收工，揣着比前一年多一些的钱，在过年回家时有个交代。至于聊天、和客人胡侃，纯粹是个老话唠的爱好。老赵觉得出租生活就像黑白默片涂上彩色，卓别林穿上闪亮戏服。

街灯昏黄，车轮一圈一圈打转，驶过空无一人的宽敞大道，厦门入睡得很早。旁边的年轻人自打告诉老赵要去的目的地后，就专心地煲起了电话粥。听语气，像是打给女朋友。

"嘿，你呀，别总吃泡面。试试我教过你的蚝油炒面，比用那些调味粉泡出来的不知道好吃多少倍！”男孩提高一个调，温柔低音里多了几分着急。

老赵微微侧头瞥了眼他，暗暗想：“这小伙儿跟女朋友说话，怎么像父亲训孩子！”

“父亲”这词让他念及自己——逢过年回家，他都能看到儿子在成长，自己呢？却在父亲的角色中缺席三百多天，除了欣慰，空余苦涩。

路旁立着密密的相思树，随着车子的前进快速倒退，扯出黝黑细长的树影，映在老赵有些疲惫的脸上。等男孩挂掉电话，他忍不住搭腔：“跟女朋友打电话呢？”

“嗯。她在青岛上学，我在厦门。为了省下路费见面，她经常犟着偷偷吃泡面，我总是拣最便宜的航班。”

“这恋爱谈得真不容易。想当年我们谈恋爱，送个花塞个情书就算浪漫咯。”

“师傅，您那是多久前的事了。哈哈，我们吃泡面搭晚班机，也算是苦中作乐！”

“哎，说到泡面我也正好饿了。你可别怪我偷听，刚才听你提了句蚝油炒面啥的，感觉挺好吃。你跟我说说怎么个做法，我不收你这趟的钱。”

有那么一瞬间，老赵觉得像是在和自家儿子拉家常。许是因为这男孩与自己儿子一般大，所以有种不由自主的心疼，对自个儿一时机灵想出的“免费交换”方法满意得很。

“这可不行，您跑车太辛苦。钱您拿好，我到了！”男孩儿跳出车门，夜色中一不留神就瞧不见了。

白城海滩正在学校后门的马路对面，老赵突然觉得有些感慨，默默把车停在路边，走上沙滩。夜很神奇，有消融掉一切的本领。黑色的海安静地依着环岛路，像是怀抱着许多秘密。左手脱鞋，右手脱袜，老赵撑着脚趾头把脚埋进了细沙里，再从裤兜里掏出一根烟点上，悠悠地吞吐。夜晚的沙滩，人不比白天少，但大多闭口不言心照不宣，偶然飘过几声嬉笑也很快消匿。

摁开手机，老赵拨通家里的电话。“嘟”，一声。“嘟”，两声。“嘟”，三声，没人接。看看时间，原来已经快夜里11点了，家里人都该睡了吧，瞧自己这记性。

刚想挂断，话筒另一头却传来儿子“喂”的一声。

“是我，你爹。怎么还没睡？”

“爹呀，刚趴在桌上看书呢，没想到撑不住睡着了。”

再猛吸一大口烟，老赵听儿子在那头说自己考了全班第三，妈带奶奶天天去公园健身，家里都好。

老父被癌症打败过世后，争气的儿子成了这些年支撑老赵奔波来去的最大动力。

“爹，这么晚你吃过饭没？”

“吃过了，放心。今天爹开车的兄弟在自己车里捡到一个iPhone，说是500块卖给我。我哪能要？开玩笑说请他吃顿好的来换手机。饭桌上他还在跟我讨价还价，没想到手机主人打电话来，他前面一直不肯接，倒被我抢着给接了，失主这就把手机给领回去了。”

儿子哈哈地笑，老赵的肚子“咕咕”叫了好几声。跑到现在，都忘记自己还饿着，骗儿子安心的“饭局”说出嘴也管不了饱。叮嘱完儿子用功要适度，老赵挂上电话，收起手机往车的方向走。今天他打算提前下班，如果时间有价，他想买点送给自己。

走到车前路灯下，先是看到斜映在地上的影子，接着闪出一张熟悉的脸。搭车的男孩松了口气，欢欣雀跃：

“师傅你总算回来了。下车摸荷包里的门卡，发现不见了，心想着肯定是刚才掏书包时落在车里了。等你好半天！”

老赵连忙打开车门，让男孩儿探低脑袋去找。

“对了。”男孩将门卡找到后，又从口袋中掏出一张便笺，“你之前不是问蚝油即食面的做法么？等你回来的时候我写在纸上了，记得炒面前先把面饼过一遍开水，能褪掉不少油腻。那些有添加剂的调料全丢掉，换成蚝油和小葱，啧啧，想起来流口水。”

告别男孩，伴着响了一路的肚子赶回家。老赵钻进厨房，拧开煤气，掏出裤兜里揉皱的纸条，麻利地端锅上火。水“滋滋”作响冒着热气，等待面饼的滚烫“温泉”之旅。调料包、酱油包、脱水菜包全被扔进垃圾桶，老赵开始摘鲜嫩的小葱。面饼煮至八分熟时弹度正好，过水入盘闻到扑鼻而来的面香。锅底的蚝油渐热，倒入面条翻匀，洒上香葱拌一拌入口。老赵还另外切了火腿肠，打了鸡蛋，淋上一勺辣酱做配菜，“呼噜噜”吃个干净才过瘾。

第二天，他给自己的出租车装上米色布窗帘，还系了个俏皮的黑色纽扣结，说是这样就不同了。他还打算问问那位搭车的男孩，泡面饼还有没有其他吃法。

厦门的天越来越热。生活即是循环往复成习惯，但生活的平凡滋味常新。

蚝油素炒快食面

食材

方便面饼、大头菜、盐、洋葱、油、蚝油、香醋

做法

1、方便面饼用开水煮至八、九分熟后，将面条捞出，用凉水过一下。
2、锅中放一点油，加入洋葱丝爆炒，再加大头菜丝翻炒，最后放入适量盐。
3、菜炒软后，加入一大勺蚝油，再放入方便面翻匀。
4、最后加入适量香醋，即可出锅。

PS. 吃时可浇一点番茄酱，会更美味。

其鸣　男，26岁，射手座。

肤白，眉毛颜色很淡，近视650度。

曾多次相亲，但屡战屡败。

作为一个内心柔软的微胖界人士，他经营着一家多肉植物店，并且固执地认为，比起人类来，植物显然更加温柔而善解人意。

柔软的心底生出嫩芽

酸奶盆栽

“基本上在爱情里，表象接近于真相。基本上心里有什么道道，外在就是什么面相。”

人生金句那么多，其鸣只认这两句话。尤其是做眼下这份工作时，个中道理亦被无数次实践证明过，让他不信不行。

有人问：“其鸣，你是做什么工作的？”

“我是个卖肉的。”每回相亲，他都这么答。而端坐对面、慢慢搅淡奶咖啡的姑娘听了，大多会难以掩饰地露出惊讶神情，然后在五到八分钟后，被“丁零”响起的一个“意外”电话给叫走，从此再无下文。

“有的人，一辈子不过也就十分钟以内的交集。”店里，其鸣正蹲在排列齐整的多肉前，一边伸手拨弄长势正盛的肉嘟嘟精灵，一边还不忘和助理调侃打趣自己的相亲史。

助理满脸“烂泥扶不上墙”的担忧，吐槽道：“那你怪谁，说自己是卖肉的。你以为自己是屠夫么？”

对方一脸正义的表情惹得其鸣哈哈大笑：“可是，我确实是卖肉的啊，卖多肉。”

其鸣不爱花，独爱多肉。他嫌乱花渐欲迷人眼，少了纯粹感。大学毕业觅到第一份能挣薪水的工作前，他没觉得孤独。只是那天，他无意间去了花鸟市场。火鹤、金盏菊、满天星、龙牙草，还有朵朵挺拔俏丽的不知名植物交错，造出座香气馥郁的迷宫，令他心醉神迷。

一开始其鸣只是想随意逛逛，捎带点色彩和香气回家，可怎么也料不到突然就沉醉其中，而且怎么挑也挑不出最渴望的一束。人生大概就是这样吧，揣着最单纯的目的，却办不好最单纯的事。但单纯只是自己的事，别人不会太在乎。

可脚和腿在乎。它们又酸又胀，催其鸣赶紧回家。走到市场出口处，看见一小块“桃源”——一溜儿米白色小盆栽方方正正，里面攒着绵密厚实的泥土，一字排开供人挑选。其鸣蹲下细细看，各种样的饱满肉身拗出蹩脚造型，有的团缩，有的舒展。绿不是一般的艳绿，恰好是其鸣渴望许久却未现的浓绿甚至暗绿，是多肉特有的、低调的绿。要知道碰见喜欢容易，遇见灵魂共振有点难。

卖多肉的老板见他盯得入迷，热心相告："多肉不用精养不用供着，所以特别适合懒人。能记起来时，浇浇水晒晒太阳就够了，记不得时扔它们活在记忆里都枯萎不了。"其鸣挑了四盆带回家，搁在阳台吹凉风。阳台多了绿色，赶跑了些浑浊，像是屋里住进精灵，暗吟絮语。

多肉在别处是老板口中的劳苦姑娘，到了其鸣家便受到公主级别的最高待遇，不光勤奋换水通风、晒太阳翻土，还从网上淘了不少小玩意儿陪衬一旁打扮一番。其鸣觉得自己和多肉的相遇算得上命中注定，就像外星陨石之于恐龙，暴雨之于荒原。不管接不接受，陨石注定会灭上古时代的地球霸主，而暴雨会冲刷荒原。

入迷只有一种后果——停不下来。其鸣渐渐往家里搬进越来越多的各品种多肉。碰碰香、燕子掌是最初水准，养到姬星美人才发现入了自己刨出的一个"心甘情愿"的坑，想爬出来？没那么容易。他找到朋友交流了一下想法，最后决定不去碰那个占据着好多人梦想清单的街角花店，而是专营多肉。打定主意后，没过多久，小店就欢乐地开张了。

你知道，好多文艺小青年专门逆着常规走，不送花改送多肉，小小的一盆可爱俏皮，百分百匹配同样或可爱或俏皮的爱人、亲人和挚友。人来人往，顾客拎走一小盆多肉，像下班回家路上随手买把小青菜一般顺心自如。其鸣并不愁市场和利润，他最乐见的，还是一份传递和抵达，有关所有形式的爱。于是过不多久，便顺理成章地开启了派送业务。

其鸣送货的经历也有苦有乐，看了不少人生百态。

有过蹬着单车游遍半个城市车河，收货的姑娘一把将多肉砸到地上哭哭咧咧：我要的惊喜是玫瑰！

有过客人电话下单想表白，要求其鸣在莲状的叶瓣上绑丝带；

有过到货拒收，有过惊喜呆住转而轻泣。

与之相关的喜怒哀乐，其鸣看了太多。然后才想起，"基本上在爱情里，表象接近于真相”这条人生箴言，其实是自己所创。

后来招了助理，他就不亲自派送了。有一天，正常的下班时间已过，大大咧咧的助理送完最后一单回来，也没细看，就直接锁门离开了。其鸣在后院研究新送来的多肉品种，就这么被反锁在里面。说来也是他运气差，助理的电话怎么都打不通。他脾气本来就好，一钻入多肉的世界更是不急不躁。不过他白天忙得厉害，那时候正饿得发慌，眼花到看见多肉变成羊肉串、沙嗲鱼块，最后变成一盆完全能直接食用的盆栽。

俗话说枯木绝时能逢春，其鸣饿出幻觉的同时也饿出了食谱。第二天，一被前来上班的助理解救，其鸣就跑到最近的超市买了奥利奥和酸奶，折返回店，翻出一只小瓷盆洗干净，倒入滑溜溜的酸奶，开始做起吃的来。

广告里教的奥利奥吃法派上用场——先扭一扭，再舔一舔，挖出中间夹的奶油馅拌入酸奶里。剩余的黑巧饼干捣碎，零碎撒在酸奶表面，最后挑出碧绿薄荷枝上最匀称最水灵的两小片叶子插上。做完后，把这盆“A货”放到多肉丛

酸奶盆栽

食材

奥利奥饼干、酸奶、薄荷

做法

1、奥利奥饼干去馅压成粉末状。
2、将饼干馅料放到酸奶里，搅匀，用圆形布丁杯盛好。
3、在酸奶面上撒上碎饼干。
4、最后用薄荷叶或其他植物叶子插上作为点缀，即完成。

中，其鸣越看越喜欢，甚至觉得被哪位粗心大意的顾客挑走也毫不奇怪。

他偷乐，舀起一勺往嘴里送：清甜微酸还没释放完全，又迎来一点点脆脆的苦与香。这次不是饿出的幻觉，是实在的美味从口到心，畅快到整个人瞬间轻盈，好像只要系上一只气球，就能轻巧飞上天。

从此，酸奶盆栽成了多肉店雷打不动的招牌茶点。在之后的相亲里，其鸣也不再笑称自己是卖肉的小哥。替换掉乏味老套的“你问我答”，他津津有味地给各位姑娘分享酸奶盆栽的做法。美食的威力非凡，聊天的平均时间被拉长到十五分钟，对上眼的可能性悄悄提高了百分之三十。

“那下回我能尝尝你亲手做的酸奶盆栽吗？”坐在对面的姑娘眉毛浓黑如黛，一双眼睛像葡萄园里刚摘下来的滚圆葡萄。她温柔一笑，其鸣听见寒冰崩裂的“咔嚓”声。他想起之前的许多姑娘，她们虽然听得开心，但根本不信他能做出与外表毫不搭边的清新甜品。

其鸣问："你真的觉得我会做？"

"当然。白还微胖，笑起来比谁都憨。这样的人，我猜一定不坏——坚硬的人做不出柔软的食物来。"

其鸣头一回听到这样新鲜的解释。不过人生箴言第二条"基本上心里有什么道道，外在就是什么面相"，他从姑娘回答的那一刻就已相信。

春天到了，所谓美好，所谓爱情，都该破冰以及生根发芽了。

火柴　男，27岁。

身材清瘦，下巴尖有胡茬，双眼皮宽且长，头发微微打卷儿。

是思想奇异的新锐平面设计师，做书籍封面、唱片封面，也做海报装帧。

对生活挑剔，对作品严苛。

因作品参赛获奖，只身从上海奔赴香港，进行为期一年的交流学习。

撂倒平庸日常的坚持

港式火腿西多士

繁星入眠，月亮打盹，絮云卷了又舒。连街角的霓虹灯丝都刺啦作响、欲灭不灭的夜半三更，恰好是火柴最心水的时间段。黑了一大半的香港，框出“石头森林”里的一间小窗。暖黄的落地灯光，稳稳地打在一丛扭来扭去、乱七八糟的卷发上——火柴伏着身子画图，胸前被光扫出一块扇形阴影，他称之为“灵感起源地”。

工作桌不算大，桌面铺着一张米白色棉麻桌布，上面立着两台电脑：左边一台组装机专用来“陪伴”。屏幕上轮换播着的相声和电影，驱散了不少深夜里蚀他骨的“寂寞小怪”；右边一台是设计师的标配Mac，也是他最可靠的伙伴，忠于职守，不闹脾气，输出一张张让人惊艳的设计稿。

此刻外面全没在一片黑里，孤寂感在深夜膨胀滋长。等到凌晨刚过，蠢蠢欲动的饥饿也会来凑热闹。做设计的火柴满腹奇思，时常在交情深厚的老朋友面前说自己不是地球人，生活上也一样挑剔。做设计久了，绝不适应平淡，更拒绝平庸。

感觉肚子有点饿，火柴摸去厨房，想找点吃的。可惜今夜运气有点儿欠佳——冰箱里跟此刻的夜一样冷清：一瓶百威啤酒、两个鸡蛋、半袋吐司切片，一根火腿加一个小西红柿，其他啥也没有。他恨叹“物到吃时方恨少”，不过职业病一犯，脑袋里已经开始对现有食材进行排列组合。这么些食材想弄出点新花样？对他来讲没问题。

很多人都说火柴是天才。刚27岁，认识他的人却都爱半是揶揄半是敬佩地叫他一声“火老师”。特别是当他随口说出自己最近设计的书籍入选了“最美之书”，敬佩与夸赞更是多如潮水，在很长一段时间里满溢出来。

但说真的，除了他自个儿，没有人察觉到，他满怀的骄傲里，也有些微紧张。

最近整夜整夜地熬通宵，全是为了即将出版的第一本个人作品集。因获奖而来到香港进修的第三个月，就有出版社联系他，希望他能将过往的作品翻新、再集结成书。他懂得“努力吸引幸运”，于是花更多精力去钻研字体，挑选用纸，设计版式。香港这块热腾腾的创意沃土上藏了太多的设计大师和创意能人。他知道一年光阴短暂，假若领悟不出什么名堂，那么前进的就只有年岁，没有能力。他必须要努上一把力。

火柴饮了一口啤酒，哼起小调。这世上还有比做出好设计更让他舒心开怀的事吗？没有。夜宵程序已启动，他轻轻磕开两枚鸡蛋，拌入细盐和少量水，搅出飞速旋转的金黄色蛋液。几分钟后，玻璃碗里的蛋液停止旋转，自动缩成逆时针的圈圈。火柴切下吐司的四条边，将吐司片先在蛋液里做个翻滚，再捞出来下油煎。夜的静，衬得煎锅内的“滋滋”声分外清晰。很快，吐司两面都已煎好，看起来酥脆焦黄。剩下的蛋液也不浪费，跟着入锅翻炒，很快即变作松软嫩滑的咸滑炒蛋了。

火柴关了火，待锅凉下来，拿了香烟和打火机往阳台去。他不放心——心心念念的书稿虽已经快排完，可仍在心焦找不出理想中的恰当收尾，连做夜宵时也在琢磨。干脆停一停，去找点灵感。

夜风掠过，轻柔凉爽。火柴点燃烟，望着这座累了一天的城，忆起刚来香港那天：

瘦成猴的自己拖着一箱设计材料和生活必需品出了机场，

港式火腿西多士

食材

切片吐司、咸火腿、芝士、鸡蛋、牛奶、橄榄油

做法

1、取两片吐司，切去四边。

2、鸡蛋加牛奶打匀，将吐司的两面都在蛋液里轻轻蘸一下，四周也蘸一下。

3、煎锅里倒少量橄榄油，放入蘸好蛋液的吐司块，煎至两面金黄。

4、在其中一片上按照“咸火腿、芝士、咸火腿、芝士”的顺序放好，将另一片吐司盖上即可。

坐巴士至尖沙咀下车，但找不着去住所的准确方向。港人永远匆忙，施予善意也匆匆；再加上平时话少，语言系统偶有罢工，所以问了好久，也没能问出个所以然。眼看行至中午，肚子饿得乱叫，整个人沮丧到不行。

还好走到路尽头时，遇见一家茶餐厅。拖着行李箱进店坐下，跑堂阿伯递上菜单，他垮着泄气的脸，问阿叔哪道菜做起来快又好吃。阿叔圆珠笔一挥，收起记菜本，就赶着招呼其他客人去了。完全的陌生感，让火柴既期待又畏惧。

周围的人坐得挤，才没人注意他的内心戏。还没演完内心的小剧场呢，食物便上了桌，阿伯布满老茧的手放下盘子，扯嘴一笑，普通话十级“不标准”:“你肯定喜欢的啦。”

黄澄金灿的吐司里夹着整片芝士，趁未凉咬上一口，牙齿都能酥倒。印象中吐司的淡而无味全然不见，取而代之的是满嘴黄油煎过的松脆，细腻鲜甜。十分平常的芝士夹在其中，竟也甜咸交织，双倍浓醇。再配杯丝袜奶茶，食到打个满足的饱嗝。奇怪，港人的寻常一顿，却意外地奠定了他对这座城市的最初好感。家乡的味道是白切鸡、生煎包，而异乡的味道则是朴实又惊喜的西多士。在那之后，火柴常常往那家茶餐厅跑，哪怕绕了远路也要去——因为，真正在香港的起点，是从这里的一顿多士开始的，对他而言，独具意义。

风渐勇，吹旺了烟头顶端的红点。在那一瞬间，火柴想通了疑惑许久的问题：简单的材料，缘何组合出这样的好味道？答案是，平凡不等于平庸，“设计”也并不仅仅是“设计”。做多士的厨子，也许在为生计烦忧，可那块浑身冒香气的多士却出自他手，怎么摆、怎么切，都是他说了算——用一个“生活艺术家”的方式，把平凡操劳的肚子救离食不知味的平庸。而自己做设计，也是同理——用平凡的生活中淬炼的不平凡，拯救生活的平庸。

火柴折回厨房，做自制多士的最后一步。茶餐厅里的吐司一般夹火腿和芝士，火柴做的吐司里还要夹上炒蛋和西红柿片。西红柿片放在贴近吐司的第一层，其次是炒蛋，最后是火腿切片和芝士——这绝对是一个设计师对于“撂倒平庸日常”的坚持。夹稳当了，再用刀切掉吐司边，对切成三角。美妙的横断层让他猛咽口水，喷香热乎味道正好。灵光乍现之间，关于怎么做书的结尾，他的想法也刚好冒出。

火柴捏起一块多士，放入口中大嚼，而后坐回桌前，继续排版。天边微泛鱼肚白，城市换上新的街景，人也换上新的心情。火柴的灵感之旅，才刚起航。

小米　女，26岁。

瘦、白，齐肩短发，常戴一副黑框眼镜。

编辑出身，现任职4A广告公司，加班狂人。

闲下来只爱宅在家里，读漫画、看日剧、睡大觉。

单身三年，常幻想回老家种田。

一人独享宅的乐趣

酱汁杏鲍菇

这个本该悠长醇甜的美梦，被杏鲍菇给闹醒了。

梦里，小米是一只羊，和其他卷毛覆身的小胖羊在外形上没多大差别，她的编号是308（出生日期）。才入秋，离草原不远的偃松林叶开始转黄。劲风扫过，就有零星的秋香色荡漾开来；清晨落了点雨，沾到草叶尖儿上滚成露珠，嚼进肚里清凉舒畅。

趁凉气未散，放羊娃得赶在正午烈日前放它们出羊圈饱餐一顿。羊们撒开腿跑远，两三只挤在一起拼命啃草。放羊娃啥也不管，挥鞭吆喝了几声，便躺倒在还氤氲着湿气的草地枕着胳膊睡大觉。小米瞧他睡得迷糊，慢慢踱回羊圈，屈腿弯下，把自己盘成一坨棉花球，眯起眼耷拉了耳朵预备打盹。

天上的流云没多久就拢起来，天黑得似烧煳的锅底。她正睡得香，被咚咚坠落的杏鲍菇砸醒，有一粒顺着她的鼻头滚落眼前。小米见它张了嘴，正咧着一排白牙对自己笑。

人形的小米陡然惊醒，身子亦随之一抻，轻覆在肚上的薄棉被滑落地板。房间里的空调还在勤勉地送凉气，凉气凝住她背上往外冒的汗珠。她最近睡觉总不踏实，时常做诡异奇怪的梦。

倒吸一口凉气，小米从枕头下摸起手机看时间——正午12点差一刻。手机日历提醒她今天是个适合撒欢玩乐的周六，但在她眼里，这只是又一个加班到凌晨3点才回家的周六。从大学开始，她给杂志做编辑，之后开了书吧当老板，到现在在广告公司做leader……小米的世界里白天黑夜根本模糊无界，忙了二十四小时也不算超额。所以加班这码事，在她眼里就是火锅里要涮肉，冒菜里要搁四川豆豉，理所应当。

她喜欢周末，是因为能懒睡到任何钟点。而且嗜“宅”如命的她，最开心的就是不用精心梳妆、蹬着高跟鞋下楼、和熟悉的不熟悉的人打着转儿去社交。在家，她惯常头顶扎个冲天小发揪，只穿工字背心和棉短裤，在地毯、床上或坐或躺或趴，读平时没空翻的书、看一部老电影、伸筋拉骨时逗逗室友的猫。要问怎么填饱肚子？外卖解千愁。

不用翻电话簿，小米就能顺畅拨通外卖餐厅的电话："喂，师傅。老样子，一份酱汁杏鲍菇，一份鸡毛菜，再加一碗米饭。对了，杏鲍菇记得帮我……"

"洒白芝麻对吧……不用你说，我记得的！"

"嘿，谢谢师傅！"

"十五分钟后到。再见。"

这边的"再见"还没出口，电话就被挂断了。小米跷着脚继续翻漫画，这十五分钟，是她还元气满满生活着、不为食忧不为住愁的时间里，最不用费心的一刻钟，她要做的只是"等"，等香喷喷的饭菜爬楼梯上来，再被筷子夹着送进口。

这家餐厅开在她家楼下，靠着大马路。每次小米加完班走回家时，商业街上大部分的店铺都打烊了，一路忽明忽暗，只有这家餐厅立在墙外的白炽灯箱仿佛蓄足了耗不完的电，从深夜亮到白昼，给她一路光明。也许，这世界并不吝于用善意待你，何况还有记得你口味喜好的炒菜师傅厚待着你的胃。

敲门声如约而至。小米披上外套冲去开门，迎上透着乡味儿的川普："菜到咯，三十块。"

她掏钱递给一双枯风吹裂的手："谢谢大叔！"

那手在零钱堆里翻，嘴在憨笑："姑娘呀，我们餐厅要关门咯！我儿媳刚生完宝宝，我俩要回家照顾孙娃去了，今天是最后一天给你送外卖。"

小米愣住了，勾在食指上的塑料袋悠悠转着打起结。她看着大叔这三年没变过的络腮胡，觉得有些懊丧，但还是笑笑："呀，恭喜啊大叔！回家好，这大城市多辛苦，看你们每天从早到晚地烧菜、支夜宵摊，真是比年轻人都忙。"

大叔抬头，不置可否地瞅着小米，川普因为语调升高而显得更加有趣："比不过你们小年轻哎。我说你这个姑娘，不要太辛苦啊。事业要做要拼，身体累垮了在这儿，连看个病都麻烦……看你总是12点多才回来，我就特意没关那灯，给你照着路。"

小米突然就想哭。要说起来，人真的脆弱万分，一场旧人离别、一句漫不经心的玩笑话、一声贴心的蜜语都能把人击垮。她工作忙碌，偶尔确是身累心疲。

家乡老山丘上种满果树，坐在枝头等黄昏收工了，换皓月和害羞不敢见人的星星接班。老妈跳起来摘果实，腰扭成她还是少女时敲花鼓的姿势——这是小米曾经连轴加班四十八小时再去赶国际航班出差、在机场崩溃到大哭时唯一能想起的画面。她打算好了，一旦撑不住，就回家乡做个小果农。这场景复又在脑子里回放，小米把泪珠逼回去，抽了抽鼻子："谢谢大叔。好可惜，再也吃不到了。真的，你烧的杏鲍菇是我吃过的味道最好的！"

大叔脸上浮起一丝欣慰："嘿，我跟你说啊，这杏鲍菇好烧，简单得很。"他开始仔细说起做法，"处理杏鲍菇，第一步是刀划。斜角切花刀，记得使点小劲儿。第二步浸料汁腌制，第三步油煎收汁……"大叔简单的描述似有魔力，小米顺着想象，仿佛嗅到煎着杏鲍菇的锅里蚝油冒出的香气。

“最后，白芝麻粒和青翠小葱洒起来，就算好了。杏鲍菇肥厚细腻，细细嚼，有种近似嚼肉的奇妙口感。吹掉热气，一口菇香，一口蚝油香，两个字：巴适！”

大叔接着说：“吃好饭是头等大事，在外，要把自己给照顾到位嘞。少吃外卖，学着多炖点汤煮点蔬菜……我这赶着去送下一家，小姑娘，再见啊！”说完便朝她使劲挥挥手，转身“噔噔噔”下楼了。

从前拿了吃的就甩手关门、从没目送过大叔的小米，在门口立着发了会儿呆，直到他的“噔噔”声消失。她打开电脑找下饭用的视频，白芝麻粒点缀的菇香从外卖盒饭的缝隙钻出来。等嚼好饭菜，她把手机锁进抽屉，调成静音。外面太吵，永远有声音在你耳边提醒地铁快到了，有三十秒的时间来换乘；晨跑的最佳时间段是早6点半之后；晚上11点前入睡，第二天才爬得起来赶着上班不迟到。有争辩和说教非要给耳朵灌鸡汤，有路标影响你判断方位，还有一个世界等你去犯错。外面都是别人，而自由额度，在家一人独享。

后来餐厅店面转给了一家酒吧，白灯箱被弃用。小米加完班回家，经过熟悉的老地方，外墙悬着小小的红绿霓虹灯招牌，柔声低转的爵士乐透过红砖墙流出来，再不是油烟横飞、男男女女们热热闹闹喝啤酒、吃烤串儿的夜宵排档了。她那时嫌油烟味呛鼻，总是低头小碎步走过，现在却怀念那吵吵嚷嚷的安心。

可惜餐厅关张，小米再也吃不到洒上白芝麻和小葱碎的酱汁杏鲍菇了。哪怕还有呛烧、手撕、干煸、清炒及其他一万种做法可选，她还是习惯最爱的酱汁，就如同习惯了宅。好在，大叔传授过秘籍，何不烧烧看？宅的乐趣，说不定又多了一种。

酱汁杏鲍菇

食材

杏鲍菇两个、生菜、盐、糖、老抽、生抽、蚝油、生菜、小葱、白芝麻适量

做法

1、杏鲍菇切段，再切成均匀的薄片，用刀尖在薄片上细细划出十字。
2、取生抽、蚝油、少量老抽、糖，调成酱汁备用（咸度可根据口味控制，可适当加水）。
3、将杏鲍菇片放入酱汁中腌制十分钟左右（切记时间不宜太长，否则会过咸）。
4、腌制的同时将生菜洗净，过开水略微焯熟，盛入盘中备用。
5、在平底锅中倒入食用油，烧至六成热，将腌好的杏鲍菇片入锅摊平，开中小火慢煎。
6、一面煎好，用筷子翻转至另一面煎，直至两面煎成均匀的红棕色（嫩度可自行把握）。

7、关火，起锅，盛到生菜片上，撒上白芝麻和小葱碎即可。

Part B

二十分钟的恰到好处

带我去向好地方

——三色便当

越过山丘，无人等候

——乐山凉趣脆豆腐

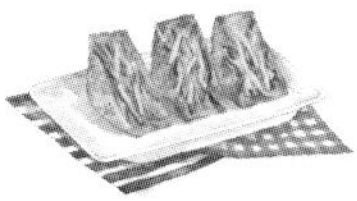

内心温柔，且有力量

——薯片色拉盏

合格暗恋，妥善保存

——小熊蛋包饭

琥珀妹　女，23岁。

身材娇小，略微干瘪；齐刘海，嘴角有粒小圆痣。

粗线条，乐观，性格开朗。

大四时考研一战失利，不甘心，租了小单间备考，准备再战。

复习之余在便利店兼职打工，一周三天夜班。

带我去向好地方

三色便当

距加油站三百米开外，立着座有棱有角的四方形便利店。比起城内便利店的丰富多彩、目不暇接，这偏僻的一家就似连锁线上毫不起眼的一小环，孤零又避世。

琥珀就在那儿做兼职，上的是一周三次的夜班。从晚上6点算起，到早上6点下班。傍晚的水墨夕阳、天气好时斜露天空一角的朝霞——她忙到手肘酸软时总会抬头瞥一眼——夕阳烧得滚烫，朝霞总是很害羞地躲在云朵后。大自然美起来，会有让人心情莫名变好的本事。

大约在晚7点，琥珀当值的时段里会出现一个客流汹涌的小高峰。客人几乎全是附近工业园区里的白领、蓝领……各种颜色领。门口的感应器不住地叫“欢迎光临”，长队排到冰柜后，拐出一个弯儿。三阶的冷藏柜里，意式牛柳饭、双拼鸡腿饭、四味素菌菇饭垒成小塔。店里人潮不断、拥挤逼仄，喧嚣也排着队往琥珀耳朵里钻。这会儿不分你是领导还是小兵，吃饭为大，填饱肚子才有资格继续闯生活。

琥珀去年大四，第一次考研，导师要四个人，她的总分刚好排第五。“宁肯输得一塌糊涂，也不认就差一丁点儿的落败。”琥珀不甘心，租来学校居民楼里的小单间自己住，预定下一年修补破过一回的梦。同期考研的师弟师妹们紧追身后，蹙着眉头、拿着包子在图书馆复习，一坐就是一整天。她常托腮望着他们下笔如风、书页翻飞，恍惚看到前一年埋头复习的自己。如今“二战”考研，自己好似个穿越在硝烟弥漫的战场的小哨兵，被敌人扔来的烟幕弹埋住，动弹不得。

可只要去过菜场，琥珀就像从迷障里伸出头来大吸了一口新鲜空气。

学校的居民区挨着一泊湖，通向湖的小径上，藏了座小菜场。菜场在她眼里充满魔力：红辣椒和黄瓜并排放，红配绿从没配得这么靓；紫薯土豆南瓜段，看起来像蠢萌家族开大会；菌菇怎么着也不会受冷淡，挤挤挨挨一团团；鱼铺前永远摊着鱼儿蹦跶溅出的水，肉摊后立着像是从黑帮金盆洗手的剁肉师傅，糙刀沾了肥厚脂油，苍蝇绕来绕去企图偷腥；瓜果有别样香气，勾人神魄。琥珀想起，红楼梦里的可人儿秦氏，爱在闺房里摆上应季的水果取代金贵的御制熏香，惹得宝玉直呼：“这是什么香！”

嗓门特大又爱往塑料袋里塞两把小葱的卖菜大婶、挽着竹篮细细挑菜的银发阿婆……大家闹哄哄地凑在一起，拉家常或者讨价还价，这样的市井味儿盈满了朴实的快乐，令琥珀倍感安心。

备考的日子里分秒必争，悠闲逛菜场的时间也缩短为背完单词后、赶着去早市囤点简单食材的一刻钟。到了午休的点儿，琥珀则抽二十分钟，照着吉井忍的“四季便当”反复做了个遍，为了省时间也为了省钱。口味、菜式类别有许多，其中三色便当是她的最爱。青椒、鸡蛋、肉末，三大心头好聚在一起，要说不喜欢，舌头和口水都不肯。这便当步骤超级简单：洗、摘、切、剁、搅、拌，十分钟内备好青椒粒、腌过的肉末和鸡蛋液，只等排好先后顺序下锅。食材越简单，滋味反倒越好，分别过油、翻炒、上酱，香味瞬间爆出来；颜色也好看：黄、绿、咖三色排在一起，像春天走在田野春风里，遇见一枝嫩苗出土，看着便心生欢喜。

三色便当

食材

肉末、青椒、鸡蛋，料酒、糖、酱油、豆瓣酱少许，生姜、盐、白糖、白胡椒适量

做法

1、青椒切丁，入锅翻炒，加盐、白胡椒调味。如喜欢，可按个人口味添加蘑菇丁等其他食材。熟后起锅备用。
2、鸡蛋打碎，加盐和白糖少许，平锅加油烧热，蛋液炒熟，起锅备用。
3、平锅烧热放入肉末，同时加入料酒、糖和切碎的生姜。在肉末半熟时加豆瓣酱和酱油调味。
4、饭盒装入米饭铺底，再将青椒丁、炒鸡蛋、肉末分别铺在上面，装盒完成。

PS.肉末的脂肪多，炒制时可不用另行加油。

又到了在便利店上夜班的日子。今晚她一个人，原本搭伙上班的姑娘因为肚子痛，请假没来。墙上时钟指针悄悄滑向10点，客人不多，静谧突如其来，三个小时前的喧嚣像被打包扔进无边夜色，衬得柜台后琥珀的娇小身板愈显孤单。收钱补货整理货仓，琥珀忙到这个点儿，还没顾得上吃晚饭。面前关东煮的九格间里，突突往上涌的热汤起了雾。雪白萝卜、青绿海带结，裹着醇香扑到脸上凝成细密水珠。琥珀饿得口水连连朝喉咙流，刚想去取自己的便当，就被背后传来的一声“你好，买单”给截住。

琥珀有点懊丧地应了一声，条件反射般地接过货品，低头扫码，却怎么也读不出商品名称。她垂下头仔细瞧，心里嘀咕：“怎么是自己的三色便当？”

顾客没注意到琥珀的表情，正翻着皮夹掏钱，斜织纹领带随着身子些微左摆右动。琥珀憋着笑，对他说：“这盒没标签，不是商品，不能卖。”领带男怔住三秒，说：“你别开玩笑，我这赶时间。”琥珀憋不住了，“噗嗤”一声笑出来：“这盒不是商品，是我自己做了带来店里吃的，储藏间的冷柜罢工，只好放进店铺的冰柜，跟其他待卖的盒饭面条搁在了一起。”领带男悻悻转身，重新回冷柜前挑起来，一边叹气一边嘀咕：“还以为进的新货呢，一看就好吃。想着总算有真正好吃的盒饭了，也不枉天天奔波来这偏得要死的地方上班。”

迟缓而至的快乐在琥珀心里一闪而过。被赞许，总归是乐事一件。

插曲完结，店里还是宁静模样。店不大，可放了好几张桌。桌旁吃东西的人，大多一个人，脸上浮着疲态，塞着耳机看电视剧，或者放下筷子打好字再接着吃。面前平淡的食物好奇妙，仿佛正融化他们白天奔波时穿的硬壳，陪他们熬过一段寂寞时光。

所以，当琥珀偶然看到那个“哪些瞬间令你改变了对这个世界的看法？”的帖子后，毫不犹豫地敲下字句：

“遇见水墨般的夕阳、天气好时斜露天空一角的朝霞时；晨起坐在湖边背单词，背完单词逛菜场，阿姨笑眯眯跟我打招呼时；被陌生人夸手作的便当看起来很美味，肚饿时吃一碗热气腾腾的汤面时。

“从前我对未来诚惶诚恐，但现在却觉得，正因‘未来’不可测且变化未知，反而不担忧不畏惧。

“认得‘美’、记住‘好’，她们就会带我去好地方。”

无名　小吃店老板。

长发、扑克脸，神似朴树、沉默寡言。

大约30～35岁之间，有文身，一看就是有许多故事的人。

越过山丘，无人等候

乐山凉趣脆豆腐

学校后街的美食一条龙，歪斜散布着规模有大有小甚至“迷你”的店铺，各种各样，奇形怪状，毫无章法。下雨的夜，踩着水往深巷里走，第五盏街灯亮起处，便到了江湖。这样说也没错，门口悬着三尺深灰色棉麻布，上书“江湖酸辣粉”五个字。看起来像是用毛笔所写，但字体圆鼓似生气的河豚，有点丑但又俏皮，生生将“江湖”二字的奔腾煞气淡化没了。不过，店老板左手前臂的文身，却让人下意识地联想到某些令你不安的气息。

文身简单粗暴，是一个狼头。虽“年岁”已稍感久远，但狼眼依然泛着青光。这只手臂给来店吃粉的客人端碗上桌、找钱递零时，总是会被他们直勾勾盯上几眼，接着要么转身出门，要么一声不吭低头吃粉。他也不管太多，脸上常年一副“生人勿近，熟人勿扰”的表情，话更少，想要撞见他大笑，那比碰到真爱的概率还小。

没人知道他的真名，也没人去认真打探过。

青头憨脑的学生仔喊他：“老板，来碗米粉，多放辣椒和香菜！”

蹬着小三轮、运来食用油和米线的供应商拍他肩：“伙计，这回可又给你打了个九九折！怎么着，够意思吧？”

隔壁卖炒货的阿婶嗑着瓜子，伴着嘎嘣声和他闲聊：“小伙子啊，结婚没？我这儿有个老朋友的姑娘，人可好了。”

走过两个十字路口常去的菜场，摆弄芽菜跟花生壳的蓄胡大叔也只是用“哟，又来了呀。今天买点啥？”这样的句子和他打招呼。

没人去认真打探，是因为没人敢。

店内的招牌主食“伤心酸辣粉”的确很销魂：酸辣筋道，呼口热气能从下午爽到夜半。粉香不怕没人识，香传十里又传百里。吃货专家专程赶来探店写美食攻略，踩低了店门口的板岩台阶。人气高并不代表需要顺势抬高自己，大抵也是因为懒，反正价钱从来没涨过，分量也没偷摸减少过。人人夸他好——在北京不超过十块钱能吃到美味地道的酸辣粉，相当值。

在没什么生意的空当，他便扯下一半卷闸，搬上竹椅，备好几张纸和笔，坐在店门口写写画画，这是他的惯常消遣。写一会儿腻了，便唤烟圈儿出来作陪。他常年一身素色，极黑、略黑、深灰到浅灰的老头儿衫每天轮着换，而腰间那条溅满了油点的围裙，像从来没换过。瘦得像猴，腿上的细毛稀松，脚踝骨往外凸，绷着股拒人千里之外的劲儿。

他开店和打烊的时间全随心，跟温润春日或是萧瑟秋天没关系，跟食客来来去去、熙熙攘攘也没关系。只是他忙而不乱的身影、收拾桌椅的侧影、擦额头汗时手臂的倒影、一人吃饭时被斜阳扯出的细长背影，往往显得寂寥又孤单。

有人猜他是老北京，一口京片子地道得很；有人猜他故乡在四川，因为这是“能做出如此美味酸辣粉”的充分条件。虽有招牌菜撑场子，他也会隔三差五推个新品菜式，招来许多吃客尝鲜。

天气逐渐燥热，一夕之间，酸辣粉店门口多了一块小黑板，上书：乐山凉趣脆豆腐。七个字大咧咧拉开，有一种“横七竖八都不理，千金难买我乐意”的气势；豆腐本就以嫩走天下，左下配的图画得比真豆腐还幼嫩。但这都不是重点，重点是下方那两行排列工整的小字：限独身来买，每人限买一块儿。

嘻嘻闹闹拉手来的姐妹团，甜甜蜜蜜的情侣们跑来凑热闹，又悻悻离开。人生头回体验到无人作陪的好——嗯，拿孤独换豆腐。首次只备了二十块，前十九块不到八分钟的光景全卖光，剩下一块他不卖，装进盘里，递给倚着边门避暑的乞丐。待忙完了，他擦擦手，提着竹椅下台阶找老爷子聊天。

“好吃吗，老爷子？”他问，声音不大，但夹杂着说不出的酷劲儿。

“巴适得很！脆、嫩，吃下肚子还有凉味！”老爷子的浊色眼球一下就闪起光，操着川普答完一句，将口中之物吞下，又一连声地说出了一串莫名往事：

“我老伴还没去世时，在家也爱做这个。她知道我喜欢这个味儿，夏天日头晒啊……”

他不知道接什么话，拿手指划左臂的狼头，沿着文痕一圈又一圈，循环往复，仿佛没有起点，也寻不到终点。

日后有好奇的食客鼓起勇气跟他搭腔：“这豆腐太好吃了！一块太小，能不能做大点呀？”

后灶台，他一边切萝卜丝，一边笑着回答：“你的胃要是能变大，我这豆腐，也就跟着变大。”

见他笑了，其他人连忙搭腔，大胆发问。诸如“文身来源呀？”“到底故乡在何方呀？”“为啥川味做这么好呀？”之类的问题，越来越多，也越来越“放肆”。所谓一笑解千愁，一笑挡万问，他什么话都不接，只“嘿”的一笑，夹上筷子，把油锅里煎好的豆腐块捞出来晒凉。

吃好的离开，还没吃的等着进来。他顾不得记清那些回头客或新鲜面孔，下一步，挖空实心豆腐，塞入清脆爽口、用酱汁佐料着色的凉拌菜丝。

装盘、上桌、入口，轻轻地吃，淡淡地忘。

那晚，打烊的时间比往常提前了不少，他搬出仓库里的小方桌和两把小凳，桌正中间摆好一个方盘，托起特意多做的一块脆豆腐。他坐定，把另一把小凳往身旁挪了挪，将筷子擦干，夹起豆腐，温柔地朝向空气："老婆哎，我替你尝尝这豆腐好不好吃。"说完咬下一小口，放入身旁的空碟。店外惊起聒噪蝉鸣，他一口闷掉面前半杯二锅头。只这一下，便激出了泪，但他怎么也不肯承认自己伤心了，只当是酒入愁肠的生理反应。

他年少时跟着小帮小派混，当个马仔，人前嚣张，人后欠下一屁股债。这世上没人待见他，除了19岁时遇见的那个姑娘——也就是他后来的老婆。姑娘着了魔一般哭着喊着要跟他浪迹天涯，也不管不顾地做到了，直到30岁难产而死，小孩儿和大人一并没了。

老婆是川妹子，甜蜜过往的小日子里，总变着花样做酸辣粉、脆豆腐、燃面。他想她，嘴巴里一会儿咸，一会儿苦——各种滋味，都是伤心的最直接反应。浑浑噩噩待在北京好几年，他缓过神来，决定开一家店，将生活这艘船往积极又平和的方向驶了去。

怎么说呢？当他甩开险阻，越过痛苦铺就的山丘，却发现往事和前尘一概变成阔不见垠的无边沼泽，无人等候。

有人说，他兜着一身故事。那难以磨灭的记忆藏在他左臂的刺青里，在他磕掉的无名指指甲盖上，在他少了半截的眉毛上，在一块豆腐里。

乐山凉趣脆豆腐

食材

老豆腐、胡萝卜、白萝卜、莴笋、香菜（可选）、盐、醋、鲜味酱油、白糖、生抽、味精、红油

做法

1、胡萝卜、白萝卜、莴笋分别削掉外皮切成细丝，尽量切细；香菜洗净（不吃香菜可忽略此步）。

2、老豆腐切成小块，按对角切成三角形。

3、用中小火，将豆腐放入油锅慢慢煎至表面金黄（除了要挖空的那个面，其他三面均要煎到）。

4、将煎好的豆腐块捞出沥油，先用刀顺着四壁分别划一刀，再用小勺将中间挖空。

5、依次处理好所有的豆腐块，放入一个大盆中，调入半勺盐、两勺醋、一勺鲜味酱油、半勺白糖、一点味精，最后再来一大

勺红油，拌匀。

6、将拌好的菜丝填入豆腐块中，装盘即可。

陆连　女，26岁。

长在南方小镇，但皮肤是天生的浅棕，眼睛很水灵。

性格内向少语，不过开口便语带娇柔。

单身，独居，养了只猫叫“小宝”。

喜欢与瓜果蔬菜独处的下厨时光。

拒绝外卖，坚持带饭上班。

研究生刚毕业，现任职于一家国企的人事部门。

内心温柔，且有力量

薯片色拉盏

陆连很爱一句诗，来自俄国诗人马雅可夫斯基。她弄不懂，这诗人一脸凶相，川字纹深凹，眼神里除了愤世嫉俗、只余“这个世界不会好了”的哀叹神伤，是怎么写出这句“我要温柔起来，像一朵穿裤子的云”的？他人这么糙，写的诗却像吹皱的一池春水，反差好迷人。

每每读到这句诗，陆连总会想起故乡。她打南方小镇来，那儿的土地温软潮湿，树木矮胖、敦实，绿得特别葱郁。南方的花也不吝啬娇艳，长到哪就灿烂到哪。树不护花，不为花遮阴避雨，任它们盛开垂败。晴空或者雨后，就有阳光刺穿云团，定焦在树荫下小土狗的尾巴上。

陆连说话温柔，性格也是。见过她的，都说她“是个内向的丫头”。研究生毕业时填自我鉴定书，有一栏叫做“自我评价”，陆连始终觉得这栏怪里怪气，为啥要把自己怎么看自己告诉别人呢？她撇撇嘴，写下“性格偏内向，与师长、同学相处融洽”的字句。好友凑过头来大呼：“怎么能写性格内向呀！这又不是什么长处，快改快改！”陆连浅浅笑：“可我就是内向性格呀，改不了。”

承认自己性格内向，不算容易事。“这世界非黑即白，所以他们说外向性格顶呱呱，内向性格你就等着死翘翘吧。”好友紧接着补上的一句，噎得陆连一时间说不出话来。

其他小娃娃互揪头发、扔水球、抓蛤蟆的童年游戏，她都不参与，只搬着小板凳坐在打麻将的老妈身边看连环画，一看一整天，不吵不闹；入学后，老爹取笑她胆小，说自己有回躲在教室门后，看小陆连被点起来回答问题，脸涨得像朱褐色的汤团。大学，遇见初恋，最初被告白是因为内向文静惹人怜，最后被甩也是因为内向玩不开。

“内向”是枚攀附在她身上的影子，没有五官，形态模糊。之后入职场，“影子”猛地发威，缠住她的脚。虽然顺利进了爹妈眼中“百分百稳定”的国企，可他们的长途电话里唠叨反而更多：“陆连啊，国企一定要学会搞好关系。”“主动找活儿干找事做。”“照顾好自己别傻减肥。”“多请教领导，学着人家做事记住没？”……

陆连“嗯嗯啊啊”胡乱应答。上班的真正滋味，就像生吞冷馒头片卡在喉咙的涩感，爹妈当然不知晓。她所在的部门人不多，两位已婚阿姨、三个富家小姐、一名“去了趟地中海旅游、回来发型就地中海了”的大叔，再加一个无光照耀便没人记得的她自己。

她的工位在紧挨领导办公间的角落，立着株发财树。领导笃信风水，常揶揄她：“小陆啊，你刚来就坐这么好的地方，难得难得……哎，不要总坐着等人教你嘛，问问办公室的李叔、红姐啊，看能不能找点儿事做做……”陆连小声应允，心里簇起毛线样的疙瘩团——向前一步主动出击？在她，就像高山蹦极，穿好护具却不敢迈第一步。再说，她也没啥存在感。自己的快递到了办公室，同事李叔还要嘀咕几声“陆连……陆连是哪个……奇怪，我们这有叫这个名儿的吗？”参与不了年轻姑娘们侃八卦，三三两两相约下班去美甲也没人想到叫她，连已婚阿姨竟也出奇地没替她张罗对象。陆连不知道怎么开启话题，干脆一个人躲在发财树下静静做事。自然，饭也一个人吃。

陆连从不吃外卖，也很少下馆子，她会买大堆的食材自己做。不用担心会被奇怪的辣度呛到猛咳，或者点到什么甜汁鸡腿、烧过头发苦的虾仁肉球。与同样说不了话的绿瓜红果做伴、全身心浸在厨房的时光，是陆连还是黄毛小丫头时就向往的生活场景。

一天午休时，陆连热好便当，照旧塞上耳机伴着饭看视频。桌边压来的一团阴影开了口："小陆不错呀，自己烧的？闻起来很香嘛。"她抬头，领导饶有兴趣地盯着饭盒里的土豆烧肉："哟，色拉看起来也不错…你说你，从来不跟我们一块儿吃午饭，原来自个儿烧这么好吃的呢！"小陆被噎住，不晓得拿哪句话来接。领导眯起眼睛笑了笑，背起手走远。

陆连回过神，转头看屏幕，TED演讲还在继续：黑衣黑靴的Susan Cain问"为什么世界都在嚷嚷人要外向，而内向的人只会让人嘲讽着说'酷''软弱''不合群'？"一瞬间，好像有一把大锤往陆连胸腔猛砸，砸出她些许委屈。

屏幕里的Susan接着说：“被定义为‘内向性格’的‘患者’不用担心，他们只是用更羞涩的方式在回应世界。人们被鼓励去合群、去融入，外向的人通常更容易取得成功；可内向的人，这世界同样需要保持他们温柔说话的勇气。”这番话的力量出人意料，把盖在陆连背上的那团阴影一点点揉散。她突然想要主动一点，拨一点藏在内心的温柔与外界共享。

下班后回家，有条小道两旁栽满了法国梧桐。树木长得格外壮实，宽阔枝叶在半空中连起来，弯成拱形穹顶。陆连顶着从叶间漏下的暮光，走向家附近的菜场。身旁擦过滴滴嘟嘟的小电动，她想起家乡散发着酸笋味儿的街道上，也有一辆辆欢快的电动车跑过。

第二天，她特地提前了半小时起床，取出土豆和牛奶，开始倒腾起昨天从网上看来的那道有点奇妙的菜式。

土豆、玉米粒、火腿丁、色拉酱，牛奶和薯片加上微波炉。二十分钟内，陆连变出了一个个美味诱人的“薯片色拉盏”：薯片托起色拉，色拉里裹了火腿丁和玉米粒，一口一个

薯片色拉盏

食材

土豆、牛奶、玉米粒、色拉酱、火腿丁、薯片、葱花

做法

1、土豆削皮切块，加牛奶，放入微波炉高火转十二分钟。

2、土豆取出捣泥，和色拉酱、玉米粒、火腿丁一起拌匀。

3、将大块薯片放入盘中摆好，再一勺一勺地放上土豆沙拉，最后加一点葱花做点缀，完成。

的小塔形无比可爱。土豆泥中混入了牛奶，吃起来格外清爽细腻。她没想到，原本并不搭配的食材混在一起，居然可以创造出如此奇妙的味道。

她把色拉盏包好带到单位，办公室静悄悄的，座位也全空着。陆连往茶水间走，打算把薯片放入冰箱保存起来。刚到门口，她听到闲聊声隔门透过来，模糊里似乎还有自己的名字。她有点紧张，不好意思推门而入，只因为完全不知道如何佯装自然地开场。向前一步去参与，她不擅长。

正盘着脚局促，听见一声尖嗓："哦哟！那个小陆，内向得很，从不跟我们一块儿吃饭。""是啊，也不见主动找谁聊天，整天一个人坐那儿，有啥好拽的。哎，我们可是前辈！"陆连没想到，自己原来是以这样的方式被记住的。她懒，懒到没想过要改变，她不羡慕看来十分好人缘的那个家伙。她习惯了和自个儿混在一起，一个人走夜路、一个人吃饭、一个人撞南墙、一人担破败，有影子作陪，完全可以给出对抗不安的最佳武器。只不过这世界不会以同样的"懒"给她一个永恒的、能舒舒服服待在里面的空间。

陆连窘迫到只想马上逃开，但想起Susan说的那段话，又觉得不甘心，一味逃避不是办法。她低头看看手中的饭盒，突然灵光一现：那么好吃的小点心，应该没有人会不喜欢吧？说不定，他们也会觉得好吃呢？

犹豫了几秒钟，陆连抿抿嘴，推门进了茶水间，哄闹的闲聊蓦然打住。她装作什么都不知道，绽开灿烂笑容，打开饭盒递上色拉盏，请大家尝尝。

美食的诱惑如此强大，再加上刚刚在背后议论了她，大家心虚不安，更要显出热情抵挡尴尬。同事们纷纷夸张地感谢着拿起，可一入嘴，每个人的表情都变成了“惊喜”：李叔捏着色拉盏，一个劲儿夸赞好吃；抹好唇膏的白富美边碎碎念又得减肥，边从保鲜盒里拿起第二块……陆连的脸微微地红了，借口工作没做完“逃”回办公桌，心还颤个不停，可她知道，第一步已经迈出去了，慢慢地，她也可以学会和人轻松聊天说笑了吧。

阿翘　女，23岁。
自称永远17岁的杂志助理编辑，
中长发微带自来卷，杏眼。
性格拿不准，上一秒可以很内敛，下一秒又可能很欢脱。
从高中起开始暗恋生涯，时间长达六年。
且在大学毕业后来到了对方所在的城市工作、生活。

合格暗恋，妥善保存

小熊蛋包饭

她叫阿翘，伪左撇子。

而且，自打她开始学着用左手，就奇妙地遇见了很多左撇子。先是在阖家团圆的年夜饭桌上，坐她对面的乖张小外甥女，左手拿着筷子边挑鱼肉，边斜眼瞪她；去餐厅吃晚饭，又见对座一对外国老爷爷老奶奶，正拎着筷子夹酸汤水饺大快朵颐。老奶奶左手持筷的功力，比自己高出不少；目光折向前，前桌有个黑衣叔埋头于油泼扯面，豆大的汗珠悬在额头上——而他拿着筷子的，还是左手。

也不记得是从哪里看到的说法：如果世上只有百分之十的人是左撇子，那么在地铁车厢里靠紧你的十个人里，会有且只有一个。但和一见钟情相比，概率不见得很低。想象一下，你出了地铁、行走在地面上，人山人海不留心，遇见最喜欢的那个：像台风卷来时，你站在旷野，房子给掀开了顶，枝头冲天的大树被连根拔走，小污泥水塘被颠翻，带起粒粒雨点坠落。你傻站着不动，等台风眼逼近。不确定的东西很多，但唯一确定的是，台风眼是他。更神奇的是，这个人恰巧是个左撇子。

不相信吗？但真实案例是有的。比如，阿翘遇见棕熊。

棕熊这个名字是阿翘偷取的，是她漫长暗恋史里的专属代号。

高二那年，她被一帮花痴朋友架去看篮球赛。场地上两色背心闪来闪去，荷尔蒙爆棚。身旁的好友拽她胳膊："快看！对方11号！"激动极了。可阿翘光想着比赛结束后去吃米饭还是面条，三步上篮？她没多大兴趣。球赛结束，正是晚饭点儿，窄街最热闹时。临班那帮臭汗哄哄的小子勾肩搭背嬉笑着走来。阿翘在吞茶叶蛋，鼓着脸看他们赢球的嘚瑟劲儿。棕熊歪着嘴和兄弟讲话，倏然转头，目光长久地停在阿翘脸上。他给了阿翘一个不明意味的笑，眼睛里淌着温柔的光。这个眼神是什么意思？阿翘不懂，一愣，就愣了好久，等他们走远才狠狠咽下蛋黄。

在这之后，他们俩就常莫名其妙地遇见。比如在下楼做晨间操的楼道里、抱凳子去考场的小径上、理科班女厕门前。而且，彼此都假装不经意瞅过对方。

阿翘暗恋的小心思藏不住，被同桌一戳即破：“原来你暗恋的是他啊！我们算是初中的老朋友了，哎，下次介绍你俩认识！”但她非不让，说“暗恋只适合偷看，声张是犯规”。

高考前，她鼓起胆撺掇同桌弄来一张他的大头照，晚自习时飞奔回家锁上门，把照片和没递上他手的情书一起锁进抽屉。阿翘不是硬气，是因为大脸盘、胖大腿和不出挑的成绩，令她缺了往前一步的底气。可心里的那个他，却偏偏长得很好看，分数总是名列前茅，运动特别拿手，家境也格外优越。这样的男生，平凡如己，怎么配得上呢？所以，阿翘不作声地挖了个坑，把暗恋的种子埋进土里，想等悉心灌溉生根发芽后，结出够美的花再送他。

毕业后各奔一方，阿翘留在武汉念大学，从朋友那儿打听到他考去了广州。有距离，阿翘反倒不焦心。在被拉开的空间与时间里，她能安心修行出一个有资格“掐他小臂、笑倒在他怀里”的新阿翘。而“进化升级”的第一件事，是逼自己用左手——“左撇子”珍稀，“他”让珍稀翻倍。要是能和他一样，拥有一点儿少数派的技能来对抗枯燥世界，那多有趣。为了达成目的，阿翘跑去药店买了圈胶布缠在右手虎口上，一概换上左手吃饭做事，虽然写字时抓不稳笔，切菜时刀没拿住差点割到手指头，不过那颗长到20岁却依然少女气爆棚的心，依旧为棕熊而无比坚定。

阿翘把这份单恋也归为恋爱。反正心里有个人，知道他在那里，一切就都会好起来。她拒掉其他人的追求，挂了个牌匾在心门口，上书：内已住人，望君勿扰。

大学毕业，阿翘迫不及待地踏上开往深圳的火车。深圳包容性强，空气清爽，但都不及在这座城里工作的那个"他"令人期待。

棕熊大概业余时间在健身房做教练，大概住在福田区的红光小区……这些都是从他的网络动态里看到的。阿翘盘算好了，11月11号去表白。她早就不是高中那个马尾辫一梳就整三年的小丫头了，如今的她长卷发，会画眉涂腮红，昔日的同学们都说她越来越好看。而且她已经凭一己之力在深圳找到了一份踏实的工作。一切就绪，就等日子来。

表白礼挑了许久，阿翘还是决定去书店翻爱心菜谱。当"午睡小熊蛋包饭"出现在她眼前时，震出了她第一次见棕熊的怦怦心跳。离表白还有段日子，阿翘得空就捏一头小熊练习。无敌可爱的菜谱看起来容易，实际很费工夫。鸡蛋饼好摊，难在胡萝卜切成的小薄片和紫菜撕出的小三角形，贴上饭团就往下滑，稍微偏移了正确的位置，熊就嘴歪眼斜，像在睡极不舒服的觉，且还做噩梦。

练习了好一段时间，好歹做出了比较像样的版本。躺在饭盒里的小熊闭着小鼻子小眼，睡得酣甜。阿翘6点跳下公车，到他上班的大楼对街，提着便当袋来来回回地走。是不是能遇见他呢？万一遇见了要开口说啥？她心理其实没底。但缘分仍眷顾她——往对街又一瞥，看到他的半个身影出现在两辆货车间。

阿翘赶忙转身往天桥上奔。棕熊走路很快，天桥上人潮汹涌，阿翘差点跟丢了。岁月堆积，她除了“怂”还是“怂”：年少的爱慕不敢言说，等他远走，有人站在原地期待，有人起身迈步去贴近他的步伐，而她鼓起勇气从心，也是种“怂”。

一路跑下来气喘吁吁，阿翘终于在一条人行道上拍上了他的肩。她大口喘着气，语无伦次地说：“还记得我吗？我是阿翘。以前我们一个学校的。”

棕熊先是有一点小讶异，但很快，就又露出了友好的笑容。他说：“诶，你怎么在这里？我记得你的。”

如果阿翘有尾巴，那它在当时一定开心得不停摇动。她如释重负，邀他去附近的小餐馆吃一顿：“好不容易再遇上，顺便吃顿饭吧，怎么样？”棕熊欣然答应，两人一前一后地往路边的川菜馆走，他的身影在前，阿翘跟在后。

夫妻肺片、毛血旺和干锅花菜上齐了，阿翘左手拿着筷子给他夹菜，嘴边盛满笑。棕熊讶异：“嘿，想不到，你也是左撇子呀！”阿翘淡淡笑：“是呀，这么巧。”两人被麻辣呛到，边喝水边咂舌头。高中时光里的趣事变成餐盘里的菜，阿翘和他一起愉快地慢慢咀嚼。谁讲暗恋苦又涩、没结果、费时间？“暗恋”是个褒义词，是座孤独的核电厂，能做功出无限力量，比如不言一声的修行，坦然面对自己。

吃到一半，阿翘悄悄拿出便当盒搁在膝盖上，反复念叨了千百遍的表白宣言刚要出口，核电厂却突然爆炸了。棕熊的手机响了，他当着阿翘的面接起来：“哦……好呀，笨蛋，你等我啊，马上来。”阿翘猜出几分，然后他印证了答案，像解了六年没解开的方程式总算有了答案。棕熊起身，拿上外套，掏出两张一百元放在桌上，眼睛里依然淌着温柔的光芒：“对不起啊，阿翘。我女朋友那儿出了点急事，我得走。我们改天再约出来吃饭吧！”

他的背影消失得很快。阿翘这才清楚，现在的棕熊，已经跟自己一点关系都没有了。

命运跟她开了一个小玩笑。他只当是在街头偶遇高中校友，却不知她为这一天演练了多久。

阿翘打开保鲜盒，盒里的小熊还在睡。饭馆的窗外人来人往，但她的对面是空位，如梦幻泡影。她慢慢吃掉已经凉了的小熊蛋包饭，心却没痛也没绞。

后来，阿翘放弃了关注棕熊的动态，但还是没有离开深圳。吃饭时，依然习惯用左手。无论夹蚕豆还是夹米粉，都轻轻松松，并且嬉皮笑脸地跟人家说左手练右脑，自己是双刃利剑，左右开弓。但没人比她更明白，这其实是习惯使然。

暗恋刹不住，那就随意吧，不用强行中止，反正，终会碰见另一个人；习惯成了真，那就潇潇洒洒把它当做是自己的天赋技能。乐观点，生活才会比较容易快乐。无论怎样，她学会了“去爱”。

而旧梦依然是好梦，应妥善保存。

午睡小熊蛋包饭

食材

鸡蛋、油、白米饭、胡萝卜、紫菜、其他蔬菜

做法

1、鸡蛋打散，在平底锅里加少量油，摊成一张圆形的鸡蛋饼。
2、摊好的鸡蛋饼从四分之一处切下，折叠起来做小熊的枕头，剩下的四分之三则当作小熊的被子。
3、把米饭捏成一个大团、三个小团，分别做一个头、两只耳朵和一只小熊掌。
4、用刀将胡萝卜切下几小片，一整片做鼻子，两个半片做耳朵（需切得薄一些，否则容易脱落黏不住）。
5、把紫菜剪成小小一片三角形，贴在还半湿润

的胡萝卜片上，然后一起黏到小熊的头上。

6、利用米饭本身的黏度互相黏牢。至此，小熊的整体样子就出来了。剩下的一个小饭团记得做小熊搁在被子外的手掌哦。

7、将炒好的菜或饭堆在蛋皮被子下，午睡的小熊就完成啦。

PS.小熊被子下面的内容可自由发挥。可以是各种蔬菜，也可以是各种炒饭或炒面，家里的边角料拿来炒炒都可以。

Part C

半小时的闲适自如

易漏的美好逃不掉

——蒜香焗蘑菇

最满足也最简单

——世界末日早餐盘

想要的生活不会太远

——韩式辣酱夜宵锅

意料之外，常有乐趣

——西兰花香煎饺

鸟哥　男，33岁。
浓眉、大眼、宽脸。
专职摄影师，性格内敛，不擅言谈。
工作尽责，嗜摄影器材如命。
爱收集废片，重新剪辑成生活的趣味片段。
也极爱夜骑，一人与整个安静下来的城市对话。
单身逾五年，一直在静候佳缘。

易漏的美好逃不掉

蒜香焗蘑菇

鸟哥做摄影这行，今年已是第十三个年头。20岁正不羁呢，就出道，跟着业内大咖走南闯北，混天混地，讨得一身好技巧。做摄影师，尤其是顶尖的摄影师，扛不扛得了机器，绝对是资质之一。随着年龄渐长，身板逐渐硬朗，右肩上的“大块头”也随着历练而一部更比一部沉，从小牌到顶级，越来越高档昂贵——他嗜设备如命，打心眼儿里宝贝它们。每次拿镜头纸擦镜头时，就像是在为爱人吹拂不慎入眼的沙，格外仔细而温柔。

摄影师对于器材的爱，很微妙，不是个中人大概很难理解。反正鸟哥觉得肩上扛着的器材越顺手、越好用，他心里就越踏实。而被框进镜头的这人间风景，也会因为器材的精良而被记录得更全面、更真实——易漏的美好逃不掉。

每次，一段视频摄好后，鸟哥通常闭门不出、熬夜开始后期剪辑。他乐不可支地泡在里头，仿佛别人跌进的是泥沼，自己泡的却是淙淙暖泉。剪片子属于精细到毫毛的工作，一帧一帧地查，截取的点要一箭中红心，稳准狠，因此剪着剪着自然就剩下许多废片。做完需要上交的部分后，鸟哥就撬开一瓶啤酒，就着啤酒花的苦爽，慢慢拖着进度条看废片。常熬夜，额头上冒的痘又肿成了一圈，下巴上的胡茬就快长成灌木丛。

废片，像被小屁孩儿随手扔在大马路上的万花筒，也像情人节那晚被人丢在垃圾箱里的毛绒玩具熊，弃之可惜。鸟哥的废片里，生活还是那个生活，但又不仅仅是“生”，更多的是“活”，超有意思。拍中国式相亲那集，男女主角甜蜜地牵手过马路，镜头里街对角，有男子与其女朋友在大吵；跋涉去沙漠那回拍骆驼，蹲地系鞋带随手搁下摄像机，沙堆里钻出只蜥蜴，鬼头鬼脑对着镜头吐舌头；拍模特步行街走秀，拍好打道回府，反扛设备忘了关，一位背双肩包的小丫头追着机器走猫步。每回看废片，鸟哥都觉得，也许这世界挺假，但仍然可以有一万个理由让人爱上它。

比如蒜香焗蘑菇。它出现在一小时长的正片外的拍摄花絮里，鸟哥看见它时，瞪圆了眼睛。凌晨4点44分，他打了个啤酒嗝。有个他特别喜欢的音乐人说过，“凌晨4点44分，黑夜就要睡去，梦境就要醒来”。缪斯往凡间多投了几瞥，果然就发现了惊喜。

鸟哥起身去洗手间，捧了把水抹脸。初秋，自来水有些泛凉，适合醒神。他松松肩胛骨，穿戴厚实了推单车而出，去找蒜香和蘑菇。

清晨6点半，正处在日与夜的交界：护城河上沧桑的石桥，白天喧嚣碾过，河水起皱；深夜河水缓流，垂下的青柳条昏昏欲睡；白天骑车磨屁股，夜骑却爽心。鸟哥骑车飞快，呼啸着追赶晨风，不问方向。

林荫道静，有晨光滴漏、蚂蚁做工，他一个下坡冲刺便全然将一切甩于身后。脚离了踏板，手离了车把，鸟哥一点不紧张，冷空气反倒使他冷静——无论身或心，感觉都异常自由。

临近城郊有个有机小农场，清洁的空气和水源养得一片天然蔬菜，胡萝卜生啃都能甜到牙缝里去。自从鸟哥在此地拍摄过有关农业生态化的系列专题，就对这儿着了迷，逮空儿就一路骑来，逃离日常。从黑不溜秋骑到日上三竿，这一路他能轻松想清许多平时抓耳挠腮都解不开的谜。

老板不在，但工作人员认识他，非常友好地让他进农场内细挑。看着新鲜可爱的小蘑菇们，鸟哥脑袋里自动跳出一幅特别生动的画面：小圆白蘑菇，浮于浓汤上的深绿色欧芹碎；浓汤是咖喱黄色的，油和汁分离——油光晶亮，汁沉碗底，像火山喷薄冷却后的岩浆；用餐勺轻搅，碗底的蒜泥打着转儿往上，扑翻蘑菇，渗入汤汁——蒜泥是多么美味的佐料呢？废片里那个坐在角落里一个人大快朵颐的姑娘，她就很懂。仔细地把蒜泥拌匀了，先吃一口小蘑菇，再把勺放在一边，撕下一小块面包，放入汤里蘸汁吃。

当阳光真正变得灿烂起来时，鸟哥已在回程的路上了，车后座板上夹着一袋圆蘑菇和两三棵欧芹。云往前移，时间推进一个点，世界的面貌就在悄悄革新。返家的路一样空荡无人，他开始想起用面包蘸着蒜香焗蘑菇的汤汁吃的无名姑娘——那次拍摄，是在一家新开的外国餐厅。店里客人不多，多坐在靠窗的位置上。姑娘缩在角落里专注用餐，黑头发都快融进墙上的蓝黑砖面里了。正片没她的戏份，废片里她却是绝对的女主角。她眉毛淡淡，嘴角淡淡，整个人都淡淡，但吃得异常专心，似乎外界跟她没什么关系，哪怕天外星球下一秒要飞撞而来，她也要先把眼前的美食吃完再逃。鸟哥隔着屏幕看她，竟有些发呆，随口自嘲一句："也是，她吃她的，跟我有什么关系呢。"

自嘲是撒谎的高级境界——但这无伤大雅。鸟哥只是在自欺罢了。说不出为什么，废片里的姑娘总是莫名地突然蹦跶到他的思绪里，而且总是吃饭时的那一脸幸福的满足样。鸟哥说，看她吃，就像看小猫崽渴极了埋在奶盆里喝奶。虽和前任分手快五年了，可只需一瞬间，心就能被蒜香焗蘑菇给泡得软软的。他有点想去认识这个姑娘，可在这之前，他打算自己先把这道菜料理出好味。

洗蘑菇时他想，终其一生寻找灵魂，不累吗？不光人累，

灵魂被下了通缉令也够气喘吁吁东躲西藏的。不如别找，它在路上流浪久了终会归家。灵魂伴侣也无异，正如并不是所有的爱情都有happy ending。两人一时错过，分开旅行，换个其他的时间喜相逢，也是妙缘一桩。

蘑菇入平底锅煎，“呲溜呲溜”，是水分逃逸的声音。烟气升腾，鸟哥的眼睛跟着起了层雾，仿佛透过雾气，看到她怕被油溅到、跳脚退后的窘态，特别可爱；送蒜泥入烤箱，她戴着熊掌护手套小心翼翼……他想象她在平行时空里与自己在做同一件事，能暂时忘了自己仍是一个人。

焗菜完成，鸟哥切开法棍，学着她的样子，一口蘑菇，一口面包。本来硬邦邦的法棍，因为泡入了汤汁，很快就变得莫名香软。

说也奇怪，虽然是第一次做，味道却出乎意料的不错。但与她吃的那份比，会差不多吗？还是会逊色？真让人又期待、又好奇。所以这个周末就去餐厅看看吧。说不定，就能遇上她呢！

蒜香焗蘑菇

食材

黄油、高汤、盐、胡椒、蘑菇、大蒜、欧芹

做法

1、大蒜先压成蒜泥，蘑菇洗净沥干备用，烤箱预热至200℃。

2、待黄油下热锅融化后，放入蘑菇，开中火；双面煎一至两分钟，直至颜色变黄但不焦煳。

3、现磨粗盐、现磨胡椒。

4、锅内放入三块高汤（可用浓汤宝代替）。

5、煮开，待蘑菇体形缩小一点后盛出。

6、在耐热器皿上铺上蒜泥和欧芹，再放上蘑菇，最后放进预热过的烤箱（200℃），十分钟后取出即完成。

米兰·昆拉　男，35岁。

“北漂族”一员，靠码字维生的文艺中年。

于杂志、报刊上发表过不少作品。

小有名气，尚有情趣。

独居陋室，没猫没狗。

生活水平对不上经济回报，仍矢志成为伟大作家。

世界末日早餐盘

最满足也最简单

明天是交稿日，还剩一万字没写。

责编催得紧，得找七八个借口去应付。

这个动词不合心意，那句重看简直是垃圾。

人物设定似有问题，文章走向没前途。

……

20:49

距离“死线”（deadline）倒数，还剩十二小时零一分。

并没灌多少水下肚，昆拉却停不住脚往厕所跑了好几趟，只因他发现坐在马桶上时，才有灵感汹涌如尿崩。一旦坐回到桌前、双手贴上键盘，完蛋，文思阻塞，根本写不出连贯完整的一句。

“这是不是作家都会遇到的问题，还是单单自己这种未成大名的小咖作者才会掉进去爬不出的深坑？”他思索不明白，太阳穴应景地疼起来。揉不散忧虑，身旁也无闲酒，连模仿太白醉酒诗百篇的机会都没有，怎能让人不犯愁。去阳台吧，难得的最后一块避难所。阳台上丢着一只落了层粗灰的皮沙发，细窄、皮质佳，是房东出国时留下的。昆拉极其瘦，锁骨能搁上一排硬币；个不高，仰面躺上去，脚只多出边缘十厘米不到。夜半，北京，初秋，这季节早没了蝉鸣，倒有窸窸窣窣的无名虫在叫。他困得眼前出现幻觉，头一沾沙发，酣睡过去。

他的笔名叫米兰·昆拉，取自米兰·昆德拉，有种偷师的浪漫韵味。专职写字，像是老天爷命定的事，谁叫他满百日抓周时，牢牢抓起支英雄牌灌墨钢笔不松手。近似年岁的表哥表弟凑热闹，结果一个抓算盘一个抓大红苹果。亲戚夸下海口：“这孩子了不得，是个文人，长大了要么执笔写文章，要么就出帖卖书法”。昆拉也没负众望，从小时写满五大本日记开始，真刀实枪地一路写过来，老师赞扬，校报校刊更是频繁刊载他的文章。自然而然，他的目标就是成为大作家。

昆拉一直坚持说，“大作家和作家差的不是一个‘大’字的前缀那么简单，就连作家这个词也得悠着称呼，不留神就和作者弄混淆。不是随便出了几本书就能自动升级为作家的。”为了这目标，他当年卯着劲儿考上北京的大学中文系，然后就待到如今。北京敞开怀欢迎嬉皮的文艺青年和怀梦少年，哪怕它是真的残酷无情。

23:56

纱窗透进的夜风强劲，有一丝冷味，活生生吹醒昆拉。他最近赶稿赶得凶猛，两天没出门两日没洗头；胡子没刮，桌脚堆起五颜六色的泡面盒。他揉揉眼皮站起身，正好裤兜里的手机震起来，掏出来一看，是银行发来的本月信用卡还款提醒信息。这下昆拉彻底清醒了，一拍脑门儿：“完蛋”。短信提醒明天还是最迟还款日，可上次给杂志供稿的稿费还没结，勉强还完款，又得去超市扛泡面了。昆拉第一回感觉到，这“名气”比不来“实际”。是啊，挣名气比挣钱难多了。他小有名气，积累自写“吃”，饮食男女，嗔吃爱欲，食物和人的微妙关系的描写，他是高手，可高手仍未修炼成精，在写出大部头的传世小说之前，还有许许多多梗塞在喉的时刻要去熬。

00:35

昆拉重新坐回电脑前，预备继续赶工。时间不会等人，当然也不会等他。这会儿写不出也要写的苍凉疲惫感，他只能怪罪到拖延症和过分逐字推敲上。

窗外对楼的灯依次熄灭，向外望去黑黢黢的。风带起房门的吱吱呀呀声在四周的静默里格外明显，更别提窗外隐约传入昆拉耳朵里的哭骂声。听声音像是个年轻女孩子尖着嗓子大骂："姓徐的，你个王八蛋！你……你和她出去，我都看到了！你下不下来！你给我下来说清楚呀！"

咒骂迅速变成放声大哭，又变成没了气势的抽泣。高扬的语调也许被风吹散，声音一下子从山尖坠到海底，谴责气盛被脆生生的绝望所替代："你……呜呜……你……下来我们说清楚……好不好……呜呜呜……"

再然后，戛然而止。

对面楼重新亮起两盏灯，伴着几声狗吠。

00:50

昆拉僵坐在椅子上，腿动弹不了。他想起22岁时趴在家里的大床上迷糊入睡时，也听见过窗外有个女孩儿哭得心肝疼，那时他也一动不动，淡漠地抱住枕头堵住耳——那时的“男主角”不是别人，正是自己。

他披上衣服下楼，打算去看看那个哭哑了的女孩怎么样了。借着手机的淡淡荧光，他在小区里转悠了好几个方向，才看到女孩蜷缩膝盖抱成一团，不知是因为凉意还是哭到发颤，她整个人一直在轻轻地抖。昆拉假装路过，径直往小区门口走。门口左转，有家二十四小时营业的小咖啡馆。他要了两杯热拿铁，匆匆折回，见女孩儿还坐在原地，托着腮。昆拉瞅了她一眼，泪珠子还没断，突突涌个不停。他拿出一杯拿铁，轻轻放在女孩身前，转身退开半米，盘腿坐下，端出另一杯小口地饮。

01：32

无话，风也停了。女孩抬头望昆拉，瞧他捧好纸杯盯着前方发呆，仿佛打坐的禅师悟出了道。她哑着嗓子问：“你说，我这样是不是傻透了？他承认的时候，我感觉好像看到了世界末日，真的……特没劲……”

“所以你骂个痛快啊。没错，反正末日了，谁还在乎那么

世界末日早餐盘

食材

草莓、牛油果、鸡蛋、淀粉、料酒、可可粉

做法

1、鸡蛋打散，充分拌匀。
2、淀粉适量盛入碗中，倒入料酒搅拌均匀（量应比淀粉适当多一些），最后加入蛋液。
3、平底锅刷上薄薄一层油，烧热。将调制好的蛋液倒入锅中。
4、晃动平底锅，使蛋液均匀地铺在锅底，待蛋液完全凝固后，翻面再煎一下。
5、将煎好的蛋皮放在盘子中晾凉，切丝。
6、将水果和切丝蛋皮装盘，洒上可可粉，即完成。

PS.蛋液凝固迅速，注意不要煎糊。

多？不如就坦然看它被摧毁个彻底，然后睡在废墟堆里等着看末日后的新风景。”

04:56

“她应该早到家了吧，这会儿应该睡得正香。”

在咖啡因的刺激下，昆拉的脑神经活跃度陡然升高。空白的文档在他手下被填满，直到最后一句——文稿流畅收尾。他瘫在椅子里，伸手去拿咖啡杯，这才意识到它早已放凉。

三个小时前，他目送女孩上了回家的出租车。

两个半小时前，他把这段故事写进了文章。

05:21

肚子饿得不行，没咖啡不行。昆拉洗漱好出门，走去咖啡馆。店里还亮着和往常一样暖的橘灯。他仍旧点了拿铁，问调咖啡的小妹：“今日的特别单品是？”小妹打了个哈欠，指指左手边的小记事板：“先生你好，今日特推的是‘世界末日早餐盘’。新鲜、好吃，又营养丰富，要不要尝一尝？”

昆拉来了兴致，追问：“为什么要叫这个名字？”

“今天12.21咯，玛雅人预言的世界末日呀，您没看新闻？”小妹递上拿铁，“您先坐，早餐盘稍后给您端过去。”

昆拉一拍大腿，这才是正牌的世界末日啊，地球说不定就永沉黑夜，那姑娘的负心人说不定就漂浮在宇宙尽头，自己辛苦赶的稿说不定就在冲破大气层时自燃殆尽了。万一末日真降临，还有编辑读过新作、姑娘睡了个安稳踏实的觉就够了，其他的近愁远虑，算个啥？人呐，危机感浓重时才珍惜感满分，闻到玫瑰是香的不去挑刺，遇见顽石再不会踢开，而是弯下腰拿它做垫脚石。

正想着，早餐盘亦刚好端上来。朴质的木托盘里，分装着蛋切丝，对切开的草莓和牛油果，以及乳白色的色拉甜酱。蛋切丝上洒着深棕色的可可粉，咀嚼出甜又咸的味道。这早餐简单得不行，但又什么都有——滋味、营养、色彩，以及好名字。存入胃里的饱腹感，减轻身体负担后的轻松感，这些都至关重要。而我们，只要把每天都当做最后一天去过，就能收获这样的简单与满足。

留艺

女，27岁。

丹凤眼、鹅蛋脸、透白皮肤、铜金色中分长发。

外向主动，爱广交好友。

独立，一直朝目标的方向走。

本科专业是风险投资管理，毕业后在某知名银行工作逾三年。

而后赴瑞士留学，现在苏黎世大学攻读国际金融。

想要的生活不会太远

韩式辣酱夜宵锅

留艺拧开收音机，传出好听的男中音在播天气预报：已经入冬的苏黎世正要进入冰冻期，大雪期拉长。北欧素有“冬季抑郁症”，但请尽情享受。

由浅浅的冷到严酷的寒，留艺来苏黎世留学快半年了。她初中就离开家乡，去邻近的小城念寄宿学校，国内本科毕业后，在银行待够三年，辞职，专心备考，27岁抵达理想彼岸，来瑞士攻读金融硕士，一路沿着计划中的理想轨道飞速奔驰。

她申请的寄宿家庭在苏黎世的城郊，是一幢带花园的双层小楼。沿着七八步楼梯绕柱往上到二层最靠里的一间，就是留艺的小窝。而主人一家特别有意思，开完喜迎新房客的Home

Party之后第二天，就宣称要去“丈量地球”、驾着由私家车改造而成的电音巴士，一路往非洲开去了。留艺说他们“自由无畏”，跟自己一个样——心里满是对新鲜气息的向往，所以对又似人生一段新旅程的留学日子，她已开始无比期待。房东走前跟她提过，拐角贴了海报的房间里，住的是一位韩国的女交换生，碰巧也在苏黎世大学念书，不过常常见不到人，也交流不上几句。果真，搬入后的一个多月里，留艺一直没和她打上过照面。

可以证明“这里有很多人”的，只有家里玄关处摆着的一堆鞋，成双的，单只落跑的，像迷失停顿于海面的只只桅杆船。而其中有一双黑色居家拖鞋，即属于那个神秘室友，但有趣的是，它一直反着留艺的作息时间出现或消失：早起出门，拖鞋不见；晚归至家，拖鞋已在。一切完美错开，一千个不巧凑出一个“巧”字。

硕士第一年的课程繁杂。大部分时候留艺都泡在图书馆和自习室里，间或参加社团活动，她爱笑爱闹，不知不觉结交到许多挚友。只是闲暇之余想起同住屋檐下的韩国室友，她仍旧有些懊丧，摸不清原因，只好胡乱猜是不是室友有意在回避自

己。同住这么久，却一次面也没见成，更别提想象中的“一见如故”“彻夜长谈”，还有欢快相约的“周末聚餐”了。

时间长了，留艺不由觉得，她向生活索取的，生活并非会全然回馈于她。有些东西，似乎就是没法掌控。

而无声僵局被打破始于上周六的午后三刻。那天冰箱被塞得特别满，还堆得特别乱。留艺一打开门，一颗柠檬便“咕咚”滚到了她怀里。

“苏黎世的蔬菜水果稀少所以价钱精贵，这么多存货从哪弄来？”她好奇，第一反应是向室友打听。下意识地往门口望去——黑色拖鞋静静待在玄关，再次对她默默say hi——是的，室友又不在。但是这次，留艺生起一个强烈的、想要“破

冰”的念头。她撕下一张黄色便利贴，在上面写道：“亲爱的室友，能告诉我冰箱里的那些新鲜蔬菜水果，你是从哪里买的吗？”然后“啪”的一声将它贴在冰箱门上。

之后的一整晚，留艺在床上翻来滚去，好似床垫下燃起细火苗。她熬不过生理钟，还是迷迷糊糊地睡着了。恍惚中好像听见室友转钥匙开门，又听见冰箱门“哐”的一声打开又“哐”的一声合上，但却无力起床。第二天，留艺假装无意间经过厨房——自己留的纸条保持原样，但底下多了一张蓝色便条：“嘿，你好。我是在朋友介绍的网站上买的。种类多又不贵，到货还很快呢！地址如下，希望你用得着”。

“她也没有完全无视我嘛。”留艺暗暗一想，开怀起来。

她猜室友是因为太内向，要么就是社交障碍，只适配这种“不见光”的交流方式，于是干脆就配合她的步调走。有了第一次之后，就非常自然地有了第二次、第三次以及第N次。日子叠日子，你来我往的纸条几乎快堆成迷你版的北欧雪山。像是彼此都默许的暗号，两人绕开了迎面相对，却习惯于用便利贴聊天。留艺和室友并不介怀谁漏了没回，或者纸条聊着聊着就失踪了，不过就顺着换个话题，多容易。室友住在她的想象空间里，留着黑色短发，会跳街舞、炫滑板，也会做紫菜包饭和腌辣白菜。

没出国前，留艺独居，爱倒腾各种菜谱。独身处世的模式潇洒是潇洒，不过不等于喜欢，就如同喜欢做饭但不代表中意一人用餐。她觉得没人会刻意爱孤独，包括自己。虽说同在陌生的环境里，两个人熟稔起来很快，可在宽敞餐桌、精巧小吧台出现的剪影里，还是只有自己一个人——一个人吃饭，一个人冲咖啡，一个人烤面包。室友到底在忙什么？难道到了空闲时间就分身变超级英雄拯救世界？苏黎世的天气愈来愈寒，留艺在家时的孤独感也越来越重。用纸条聊得开心，可避而不见的方式总是像隔着一堵墙，她打算自然而然地推进到下一步——做饭，邀室友共食。

天虽冷，好在还有热腾腾的烧锅来拯救胃。留艺记得，有一年在飘雪的上海，大半夜嘴馋，她披上毛毯与朋友相约去街角的餐厅吃韩国辣酱锅。记忆里那家店的味道其实并不正宗，可围炉吃锅时扑腾的水汽、突突往外蹿的香气，还有烫嘴烫得小脸绯红的画面如今还像烧着的炭火一般跳跃在脑海里。她想起室友从韩国来，当下就决定拿“韩式辣酱锅”做两人的见面菜。

前一夜查好菜谱，从网上选食材、下订单，留艺早上出门前写了邀约的纸条，照常贴在冰箱门上。待傍晚食材都寄到时，外头飘起团团簇簇的雪，留艺瞥见室友的黑色拖鞋在原地——她还没回来，她今天戴的围巾够不够绕上三圈来抵抗刺骨寒？拆了包裹，保鲜膜裹得严实的盒装蔬菜排好队滚出来：红薯粉、土豆、黄瓜、娃娃菜、西红柿。时间嘀嗒跑过，室友会不会回来赴她的邀请，她没底，心里像悬了个秤砣晃来晃去。也不知道这个突如其来的邀请会不会吓到对方，毕竟打破“既有习惯”是一件不太容易的事。

等收拾好食材，已是晚上8点半。锅里的水“咕噜咕噜”冒着泡泡沸腾起来，玄关的黑色拖鞋仍静静地趴在地板上。西红柿被扔进锅里，烫得抽身打转，但不多时，便有淡淡的甜酸味熬出来，汤水跟着泛出红色。切好的土豆块依次下锅，又浮上表面，像食物界的水下芭蕾比赛。火锅惹人爱，很大一部分原因是不用费力气，只需慢待食材由生变熟；还有就是大锅身容得下一切食材，想放什么放什么，但无论怎么放，味道也不会差。最终的关键当然还是韩式辣酱——找好恰当的时刻把它溶入汤里，用勺子搅拌开，整锅汤就变成浓稠的、翻滚着泡泡的深橘红色了。送一勺入嘴，先是满口的温醇，紧接着是刺着

韩式辣酱夜宵锅

食材

西红柿、黄瓜、土豆、火腿、蔬菜等，韩式辣酱、盐、鸡精、麻油等

做法

1、小锅烧水，水开后放入去皮的西红柿，滚煮至汤色泛红后，放入任何想添加的食材，调至中小火滚煮。
2、放两勺韩式辣酱入锅，搅拌开来；再煮一分钟，关火。
3、出锅前放入盐和鸡精，点上麻油调味即可。

舌头和喉咙的辛香。

厨房浮满香气，指针跳往10点，室友还没回来。锅子还在炉火上热着。留艺盛了一碗给自己，黄瓜、墨鱼丸、西兰花统统入味，土豆煮得软糯可口，一咬嘴里全是裹着辣酱的缠绵。火锅真好，暖身只用一秒。她走到窗边，看雪越来越大，“砸”落天地间。“也许她被雪困在半路上了，也许她……根本就拒绝了这顿饭？”猜测不出结果，留艺把剩下的从锅中盛进碗里，又等了半小时，便用保鲜膜覆好放入冷藏室，贴了便利贴在膜上：韩式辣酱夜宵锅。

关上冰箱门，留艺有点忧，又有点恼，在便条上接着写：“夜宵搁在冰箱冷藏室，记得吃哦。”然后“啪”的一声贴在冰箱门上。从厨房回自己房间时，她习惯性地往玄关望去——那双黑色的拖鞋仍在。

一夜无梦，第二天爬下床时已经10点多。她睡眼惺忪地洗漱完，摸去厨房找面包和果酱吃。冷藏室的门“啪”开“啪”关，“啪”落一张蓝色便条。留艺拾起来，纸条上圆鼓溜溜的英文挤在一起，落款是个手绘的“吐舌头”表情：“抱歉，昨晚回来时自行车胎陷在了雪里，到家已很晚。不过辣酱锅真的超好吃，谢谢你！我看冰箱里还剩不少食材，不如等我今晚回来做最正宗的辣酱锅，我们一起吃”。

客厅侧窗外，晨雪后的阳光透着幽沁沁的冰凉感，透过玻璃而入，洒下大块大块的光斑。留艺心里像是有雪粒在飘坠，轻轻砸得心畅爽。哪有什么人生无法掌控的无奈仓皇，上前、参与、分享，想要的生活模样不会消失太久。

宋童童　26岁，女。

细长眼，大额头。没刘海，只扎单马尾。

常年东奔西跑生活无规律，干瘦，脸色蜡黄。

做明星阿穆的私人助理刚满一年半，辅助他的生活起居、演艺日程。

有记日记的习惯，随身背的包里，不换的就是日记本。

意料之外，常有乐趣

西兰花香煎饺

4月17日 晴 于东川大学

阿穆今天预备拍的几场戏，是在东川大学取的景。学校有种魔力，脚才伸进来半丈，就领受到一种说不清的心安，具象描绘不了。我记起大四实习时的日子，每天路上嘈杂拥堵，空气里浮着噎人心绪的灰尘，没日没夜的城市建设也没见架构出什么与人便捷的路径（毕竟我们只想在路上能走快一点）。工作几年，换着跟过两个艺人，觉得自己早就变成了麻木不仁神经大条的“社会人”，可一回学校，所有的消极与冷漠都自动被治愈。后门的荷叶炒饭格外香，林荫道上疯来跑去的学生笑哈哈。在学校，就该把时光放慢。

这部剧里，阿穆算得上男二号，演的是男主角的小痞子兄弟，戏里俩人义气得能共穿一件外套、共分一根烟。编剧省事，把剧中角色名也直接写作“阿穆”，所以他演起来，完全就是自然而然。

可是，这角色性格又根本不像他自己！做他助理一年半了，总觉得他低调得过分。作为一个演员，阿穆的台词功底、表演张力统统没得说，但就是不会做人——不懂如何和导演拉关系，也不懂怎么跟赞助商打交道，与粉丝互动只会傻笑，一直怠慢每一张兴奋的脸、漏掉每一个递来的签名本。

下午要拍的那场戏，剧情是男主拉上阿穆去女生楼下表白，理所应当被拒不说，还得被三楼泼下的水浇上头。剧组中午派盒饭，我领好送到他手上时，揉皱的剧本还在这家伙手上翻来覆去地琢磨研究。我嘱咐他：中午这顿千万吃饱点儿，万一下午的“挨泼戏”没法一条通过，NG个不停，再壮硕的身体都难扛，更别提他那纤弱的身板了。他撇撇嘴说没胃口，只用筷子挑了几根寡淡的清炒小白菜入口。油得发亮的卤蛋和红烧肉动都没动，就随手扔进了垃圾箱。一刻钟之后，导演就通知各部门准备，嚷嚷着赶紧开机。阿穆站好位，清了清嗓子正正领口，等导演发号施令。

第一遍，NG：男主和另一位兄弟小跑前来，搭上阿穆的肩往宿舍楼走。男主角喊“我喜欢你，你下来跟我走！”，三盆水泼下，镜头里掠过一只流浪猫的影子，快如闪电。

第二遍，NG：男主和另一位兄弟小跑前来，搭上阿穆的肩往宿舍楼走。男主角错喊成“我喜欢你，你分手跟我走！”，三盆收不住的水砸下来。

第三遍，NG：男主和另一位兄弟小跑前来，搭上阿穆的肩往宿舍楼走。好不容易男主角喊对台词，冷水泼对位置，镜头走位没错，没想到“另一位兄弟”却忘词。

阿穆被水浇了个透，全身上下没一处是干的，不知不觉轻微哆嗦起来。我赶紧从备用包里抽出浴巾裹上他，开了电吹风替他吹头。他皱了皱眉，一副很看得开的淡然表情：“意外不一定坏，体验不一定好，意外和体验，你哪晓得哪个先来？是吧。”——哟嗬，大道理不少，倒是从哪儿读来的？

导演的喇叭重新响起来，继续开工。阿穆在头上胡乱抓了几把，理好淋歪的发型，交给我额外任务：“童童，去买点煎饺，之前没吃饱，现在好饿。”他转身去到镜头前，精神立马抖擞开，仿佛身上泼的不是凉水，而是冲了冬日里调至最佳水温的一个热水澡。

我跑出片场去找饺子。好在取景是在学校周边，不愁找不着推着小车卖饺子的。我要了四两猪肉白菜馅的煎饺，特地问卖饺子的阿姨要了半个塑料盒的辣酱油。结果提回去片场时，他已经开始在拍另一场了。这场戏他的戏份更少，就两句台词，加起来还不超过十五个字。无奈的是女主角状态极差，一会儿莫名打嗝，一会儿眼泪滴不下来，于是折腾着拍到很晚，晚到主干道边的路灯全都熄了。

处在拍戏状态的阿穆，专注得就像木板上钉到底的钉子；一喊咔，却立马能从别人的角色中走回自己的现实。对这样的切换自如，我超级佩服。问他讨经验，他说："我们其实都是演员，只不过拍摄周期占满一生，还没丰厚的酬劳可拿。幸运前进的，都懂得切换角色，收放自如；卡壳不顺的，要么角色定位错，要么剧本拿错，演的都是别人，不是自己。"

等了半天，饺子早就凉透了，油腻皮硬，只有底部还余焦脆的口感。他有点愠怒，推回跟前的盒子："都凉成这样了，怎么吃？"

暮春衔接初夏的深更半夜，已经凉飕飕的。我知道他肚子一饿，就会怒气上升。看他因为生气而拉垮的脸，我"噗嗤"

一乐，把他往回宾馆的方向推：“我吃我吃。你赶紧回房间里待着，还嫌今天泼的水不够冷，站这儿等着感冒呢？”

比我小三岁的阿穆其实脾气算十分温和的了，要换成其他臭脾气的大咖，指不定早就把饺子摔我脸上了。

4月18日 多云 于东川大学

其实后来那冷掉的饺子我没吃。问大学门口保安大叔借来自行车，出校门给阿穆继续找饺子，找掉大半宿。小摊贩早已收摊，估计也就吃夜宵的烧烤大排档还能试试运气。骑到差点腿抽筋，好歹到了夜宵铺，可气死人的是——夜夜喧闹到天亮的铺子竟然没开！老板倒是潇洒，玻璃门上贴了张字条，说“欧洲游去了，下个月回”，就算通知到位。

我给阿穆打了个电话，安抚他：“饺子是现包的，得等上一小会儿。”实际心里盘算着，看来只能自己动手，丰衣足食了。

那头狠命咳了两下。我能听出，他的怒气应该早散了，但语气里还是有一些不甘。另外，他那时声音有点低哑，想必是冻得不轻。我挂了电话，赶紧跳上车子接着狂蹬。夜风刮得脸生疼，想起高中那会儿，每天清早5点半就起床了。我一手拎着街角买来的米粉，一手扶着车把，“噔噔噔”地往学校赶。那时好热血，拼尽全力的模样令我至今怀念。就好像，现在这样。

我骑去了当地一家可以营业到凌晨3点的超市，拿了袋猪肉白菜馅的速冻饺子就开始到处找锅。卖食用油的货架边正好有个小展台，挤满了做促销用的锅碗瓢盆。旁边昏昏欲睡的阿姨等着到点交差下班，见我来借锅，她很爽快地就给了，居然没觉得我是一个奇怪的家伙！给了阿姨一点加工费，我利索地拆开包装，将饺子倒入平底锅里开始煎。趁着等待的空当，还走去蔬菜区拿了两颗西兰花，央求阿姨帮忙洗干净，又迅速切好。很快，饺子好了，我将之盛起、放入新买的保鲜盒。之后，又将切好的西兰花倒入锅中麻利地翻炒。看着差不多好了，我先尝了一个，感觉不比夜宵摊上的差——咬开泛亮光的皮，吃口清爽、咸淡正好的猪肉白菜，胃里一下就弥散开饱足感。一口肉、一口菜——西兰花嚼起来松松软软，轻易便绵化在牙齿间。

美味得来不易——这话真心不错。毕竟，有几人曾经历过在超市里开火烧菜呢？结款时收营员盯着我手中的条形码，眼睛瞪成了一颗杏仁。我嘿嘿笑着，提着保鲜盒向她示意：“不好意思，加工了一下。生饺子现在是熟饺子了。”

回去之后，阿穆还没睡。如果不是幻听，那这家伙怎么像在撒娇：“为什么去这么久？！我还以为五分钟内你就可以回来呢。害我开窗看了又看，吹了好多冷风。”

说完，他连着打了几个震天的大喷嚏，而后劈手抢过我手里的保鲜盒，乐颠颠地跑到角落的沙发上盘腿坐着吃饺子了——没啥艺人形象，就是个饿了三天两夜的贪吃少年。三分钟，就三分钟，盒内的饺子全被他扫光，我怀疑有一半他都是直接吞的。

阿穆含糊不清地问我：“童童，你这哪儿买的饺子？好好吃！而且，我觉得我的感冒都吃好了诶！”

我哭笑不得：“有没有那么神？不过，这是我自己做的噢。没想到吧，‘饺子凉了’是意外，‘夜宵关门’也是。可今晚啊，绝对是最棒的体验。”

他哼哼唧唧，停下筷子牢牢盯着我。盯了半分钟，我才明白他是在等下一个喷嚏夺“鼻”而出。阿穆毫无形象地喷出半截鼻涕，还有脸冲我笑呢。

是谁说来着？“食物是最直接妥帖的疗愈”，果然一点不错。明天的戏，一定不会有问题。

西兰花香煎饺

食材

速冻水饺、半颗西兰花、油、盐

做法

1、开火，预热平底锅至大约五成热，倒入薄薄一层的油。将速冻饺子入锅码好，无需解冻。
2、等锅内响起“滋滋”声、饺子底部略有发黄时，加入没过饺子大约三分之一的水，继续煎。
3、盖上锅盖，焖四至五分钟，等煎饺熟透。之后盛出放置一旁备用。
4、将早已洗净切好的西兰花入锅翻炒，快起锅时撒一点细盐调味。

5、最后，把西兰花盛出搁在盘子边缘，既能做煎饺的装饰，也能食用。

PartD

三刻钟的静默酝酿

贴近完美的滋味

——盐烤秋刀鱼

时光温暖，甜蜜入心

——红糖老姜番薯糖水

岁月侵蚀，香气重叠

——喷香排骨焖饭

爱的记忆无处落脚

——新疆大盘鸡

肆爷　男，32岁。

梳大背头，留络腮胡，爱背着棉麻布袋走走停停。

人生态度严肃，脾气急冲，内心柔软，不辞辛劳。

留日归来的日料狂热分子，吃遍各种做法的秋刀鱼。

在朋友开的日料店任职，誓要成为世上最会烤秋刀鱼的厨子。

贴近完美的滋味

盐烤秋刀鱼

早晨5点，闹钟准点响。洗漱完毕，挎上粗麻制的米白布袋，蹬草鞋出家门。开车，若路途不堵，一个半钟头能抵达城郊的海鲜市场。白灯晃眼，地上铺满倒数二十四小时内第一手捕捞上岸、再迅捷运达的新鲜海产。一摊挨一摊慢慢走，估身形、掂分量、轻捏轻触、询价……一轮下来，刺鼻的腥味已沾染全身，直至寻到最满意的一铺才罢手。挑好整三十条，砍价，成交，冰袋装包，扛上后备箱，启程回店。

雷打不动，风吹不避，肆爷不落一日地践行着这流程。

市场里的摊主和供货商没有不认识他的，倒不是因为他的豪气，而是长相。如果说有人五官开阔、眉眼温柔，像长在和煦春风里，那肆爷则是长在寒冰欲破的凛冽深冬里，不仅凶巴巴还皱巴巴：一嘴络腮胡浓密茂盛，眉头从来没舒展过。鱼贩心里都惧，怕他来自己摊前跟审犯人似的语气凌厉、东问西问再开口讲价；可也都希望他来自己摊前看看——仿佛能和肆爷做成交易，便是无声被宣判了自家的鱼货新鲜、水灵、性价比高。

出了隧道，一条大马路直通到底的分叉口，有家不起眼的日料店。小店是肆爷的日本朋友开在上海的。肆爷不是老板，只在这儿做厨子，且不捏寿司、不做茶碗蒸、不片三文鱼，只专心烤秋刀鱼，迄今已有六年多。

肆爷小时候爱看漫画，不过不是樱木也不是流川枫，而是美食小当家“阿星”充斥了他的整个童年。长大后第一次兴冲冲去“品”日料，却被无良卖家坑了——低价的秋刀鱼肉不够新鲜，害他半夜3点抱着马桶拉到差点脱水。肆爷22岁去日本深造，不光是为了圆小时候的懵懂幻想，也是奔着钻研秋刀鱼的烧法而去的——意欲给曾经被欺负的胃报上一仇。在东京的四年里，他在一个人学习之外，常背着麻布袋游街串巷找馆子，固定点上一盘秋刀鱼细细尝。那种感觉，就像端着砵讨粮的苦行僧，在无数条的秋刀鱼里求一口贴近完美的滋味。

日料精致、重细节，十分做功，十二分讲究。秋刀鱼是日本独产，幼幼小小的，形如月牙弯刀，银鳞泛出光泽。起初，肆爷只会用筷子去戳鱼肉，以此判断紧实度。肉扎实的，渗透芥末酱油入口有嚼劲；肚皮松软的，基本跟鲜嫩无缘。从路边摊到高档餐厅，从小酒馆到招牌名店，肆爷各处晃荡，在随身携带的笔记本上记满了吃鱼心得：盐烤滋味最原始也最普遍，柠檬挤汁能提鲜、中和掉鱼肉腥味，但要做成香煎版本，鱼的形状就没法美……小本慢慢记满，成了肆爷自己的私人菜谱，每页一笔一画，严谨细密，概不外传。

回国后，肆爷带着小本子来了朋友的日料店，指定要做“烤秋刀鱼”的一把手。朋友问他干吗这么中意秋刀鱼？青鱼、鳕鱼不是也样样好？肆爷撇撇嘴：“秋刀鱼不是哪儿都有的。我周围有写文字的人说它生性高傲，小身板长得冷酷固执，我一听，哎，这不跟我挺像的吗？！”老板点点头，带着一副悟出道的表情苦笑道：“你别说，你上辈子一定是条从渔网里漏出来的秋刀鱼。”

肆爷脾气冲，最是容不得外行对自己指手画脚。小店开张以来，生意不错。门口悬着两片浮世绘的和风门帘。客人掀起，进进出出，少说有一半都是慕肆爷的名过来一解思秋刀鱼之苦的。有一回店里来了一对年轻情侣，男生点了份盐烤秋刀鱼，对女友说是这儿的招牌菜，限量供应、特别好吃。不过吃到一半，男生就吵嚷着要见当值经理，投诉鱼肉不干净，说是连内脏都没洗掉，这么不干不净给谁吃？肆爷听闻，手握切刀从厨房冲到餐桌前，吊灯投在他身上，折射出巨型影子，完全压过原本趾高气扬的男生。肆爷开口，凶猛得像一支喷火炮："你知道个屁！秋刀鱼本来就是连着内脏吃的。不懂吃就别来吃，我一天只备三十条，懒得浪费在你身上！"

被惊到不敢动身的情侣，那会儿在肆爷眼里就是不懂珍馐美味的白痴。不懂吃，谈哪门子热爱生活，谈什么审美情趣。

那天晚上，老板赶来找肆爷聊天，砸给他一大串道理——诸如开门做生意，一定要让客人感到愉快满意。他们吃啥我们就做啥，不用多话……肆爷撑着腮帮子，头点得跟打桩机似的，心里却一句都没听进去。他觉得老板所说的与自己无关。自己该管的即是烤出最得意的“肆爷秋刀鱼”。怎么下刀才能不破坏鱼天生的紧致肉感？怎么才能保证盐味和柠檬汁渗入得丝丝不遗？到如今他仍像个新入门的青涩学徒，无时无刻不在细细琢磨，等灵感炸出前所未有的做法。

等老板唠叨完，肆爷送他到门口，催他赶紧回家陪老婆孩子，自己则关起两扇木门，掏出随身携带的小瓶烧酒狠命嘬了好几口，枕着前臂在寿司回转台旁迷迷糊糊入睡了。他身上溅了油星的厨师服还没换，高顶帽还未去。

肆爷经常就这样在店里凑合凑合过个夜，不回家也无所谓，反正家里没人留着暖暖的落地灯等着听他掏钥匙开门的声音。一心扑在非人类的秋刀鱼身上这么些年，肆爷至今还单着。他坚持“独身主义”，也不知从何时起觉得恋爱结婚生子是麻烦至极的事，干脆洒脱一个人，随缘分过生活，有情来谈一场风花雪月，无情就尽兴享受独身才有的恣意，挥霍时光。人生有愁，酒就能解决掉。

睡到凌晨5点，闹钟照常响了。肆爷抖起精神，随便用凉水拨弄几下头发出了门。回来时，见店门口蹲着一位白发满了半个头的老人家。他穿着讲究，古棕色的蝴蝶领结安安稳稳地系在脖颈处。

肆爷糙得不行，所以乍见这般精致优雅，不由呆愣了好几秒。他问:“您这是来吃饭？我们这店还没到营业时间呢。”

老爷子操着一口平仄不分的普通话腔，连连点头称是。肆爷奇怪，这老头这个点来吃什么饭？当下却仍开了门邀他进来坐。

肆爷递给老爷子一杯白开水，而后便钻进厨房开始清理刚打回来、鲜活得过分的秋刀鱼。他兴奋地哼起小调，剐去鱼的内脏和鱼鳃，涂上盐静置一会儿，送入烤箱等香味出炉。第一条出来时，往往都是肆爷先漱好口细细品的。

秋刀鱼端出来，通体银色中已多了几抹黄，但鱼头鱼身还直直地撑着保持原样：鱼眼白白小小，像陷在水洼里的洁白珍珠。肆爷端着盘子，找了个厅堂的角落坐下，先来一口烧酒再动筷子。他吃饭总是一个人，并霸占整张桌子，不喜欢他人来打搅，所以当老爷子起身向他走来时，肆爷的眉头就起了褶子。

老爷子双手拄着拐杖，停在离桌一米的位置，伸手理了理有点歪斜的领结，开了口："莽夫是烤不出最棒的秋刀鱼的。"

他说完，转身一跛一瘸地掀起门帘，消失在清晨的光线尘埃里。

时常游荡在附近的黑斑小野猫悄悄蹿到桌下，抬起眼睛珠子专注盯着盘里还晾着的秋刀鱼。换平时，早就被肆爷一脚踢开了。但这次，小野猫却因为肆爷发呆而逃过了袭击。它蓄足体力跳上椅子，叼起盘里的鱼就跑，快如一道黑色闪电。

肆爷愁眉依旧不展，终于在人脑的储存库里匹配到有关老爷子的信息——他是自己在东京最后一年时碰见的小酒馆厨师。彼时肆爷年少轻狂，没吃两口便出言不逊，直言嫌店里的

盐烤秋刀鱼

食材

秋刀鱼若干条、油、盐、胡椒粉、柠檬片

做法

1、将秋刀鱼去除内脏和鱼鳃洗净，表面抹上盐，腹内放适当胡椒粉，静置十至十五分钟。

2、在铺有锡纸的烤盘上刷一层薄薄的食用油。

3、将秋刀鱼放入预热至220℃的烤箱中层，烤制十五分钟后，取出翻面。

4、另一面同样烤制大约十五分钟，至鱼身呈金黄色。

5、出盘，挤上新鲜柠檬汁调味。

秋刀鱼做得不够到位。厨师弯下九十度的腰，一直向他道歉，并诚意请求他告知自己需要改进的地方。但肆爷不理，留下饭钱便扬长而去。

现如今岁月轮回，欠债人已变成他人的债主。肆爷不知道老爷子为何会出现在中国，又是如何寻了他来。但那句“莽夫烤不出最棒的秋刀鱼的”却着实砸进了他的心里。

小店出名他是知道的，但他不知道的是，自己的坏脾气也同样出名。肆爷抿了口酒，着实没缓过神来。他想起两年前，老爷子也是穿着光洁雪白的厨师制服骄傲地站在厨房间的。如果客人吃了菜说出一句“おいしい”（日文：好吃），自然悦耳动听，但如果说不好，那无论如何是一定要致歉并问清楚的——开店迎客，不就是应该这样么？不然，如何改进？

肆爷践行梦想竭尽全力，却在不知不觉间变成了一个听不得任何不好的莽夫。比起老爷子，他感到十分惭愧，觉得自己被甩了不止一条街。

但知错能改，善莫大焉，这是最简单不过的道理。肆爷掏出宝贵的“烤鱼笔记本”，从中留出一面空白页，写下：“顾客意见薄”。

是夜，他回家踏踏实实睡了一宿。秋刀鱼在梦里随波潜游，被晒干了挂成鱼帘，野猫偷偷来把它们叼光了，肉垫踏过的爪印，仿佛在说：“好吃极了。最棒的秋刀鱼，就是这样的。”

耿砚墨　24岁，女。

是家乡县城初中的英语老师，正在带初三毕业班。

内双眼皮，长年黑眼圈，齐耳短发略毛躁。

性格和头发一样干脆急躁，但内心却十分柔软，极易动容。

工作尽职负责、严肃犀利，令学生又敬又畏。

之前怀揣的理想在远方，可现在她就只想做一辈子老师。

时光温暖，甜蜜入心

红糖老姜番薯糖水

小耿是“谷城一中”初三·（二）班的英语老师。兼任班主任第一年，班上的小鬼头不喊她“耿老师”，私下偷偷喊她“墨老师”。据说是因为她招数太厉害——晚自习转一圈下来，两三本青春小说、七八张小纸条就被不出声地没收掉了。等下课铃响，她就款款走来被没收“宝物”的同学桌边，微笑敲敲木桌角说：“来趟办公室”。学生耷拉着脑袋被叫去办公室训话再正常不过，然而奇妙的是，等他们从办公室出来之后，依然该闹的闹，该笑的笑，好像跟什么事都没发生一样；但在之后的自习课上，他们却个个自觉投入、拼命看书，发问比谁都积极，简直出人意料。好奇的同学抓着他们的胳膊，直问：“墨老师叫你去办公室到底说了啥？”他们统一好了似的摆摆手哈哈大笑："这是我和她之间的秘密，不能说的噢。"

但小耿刚来时，学生都不怎么服她。她年轻，看起来怯生生好欺负。第一节课，班上的"混世魔王"就趁她转身在黑板上写英文单词的间隙，往黑板的方向弹指发射了一截粉笔头。粉笔头落到讲台上，一弹三丈高，直接就砸上了小耿的后背。她当时憋住没发火，只轻声斥责了一句："上课好好听讲！"，可刚一转头，另一个粉笔头却又扔上来了。小耿强忍着没发作，下课后跑回宿舍，却忍不住抱着被子红了眼眶。

她委屈得很呀。作为英语系的高材生，小耿一点不想做老师，只想出去大城市闯荡。可惜父命不可违，比女儿还强势千倍的老耿时时刻刻拿"女孩子嘛，就要稳定些"之类的话给她洗脑，再打好一层层的关系与招呼，替她安排了在离家不远的隔山小县城教书。老耿喜滋滋地说："你看，带初中班，又是教英语，多少人争破头都抢不到的位置……说出来体面，离家又近，人际关系还单纯不复杂……多好。"小耿拗不过老耿，只好不甘不愿地从了。她面上不说，心里却始终憋着一个动力，想等攒足年岁和经验，就脱离这帮调皮娃，无牵无挂，竹杖轻马，去山外头追逐自己的梦想。

但小耿并不是瞎耍耍，她对工作仍是十分热情和百分百认真。秉着“在其位就谋其职”、打娘胎里带出的“完美主义”，小耿暗暗琢磨了不少门道。不摆教书匠的架子、老学究的板眼，她把课讲得别有趣味，原本在学生眼里扭来扭去的a、b、c，渐渐变成了春天里爬满山叶的小毛虫，令他们颇感兴趣，连“魔王”都放弃在她的课上枕着课本酣睡。人嘛，瞧见努力就收获回报的苗头，都能“噌噌噌”燃起烧掉整片大草原的雄心。哪怕心里想着自创的名言：“教书是场盛大的暗恋，我倾尽所有你们却不一定懂。”可当她站在讲台上、看到他们睁大的眼里涌着诚挚和期盼，不知不觉中就给自己定了目标——要在本学期末将班级成绩带至全年级第一，在全校面前插上“初三·（二）班最霸道”的班旗。

愈是临近期末，她愈是全力以赴，除了每个月的特殊时期——那几天，她平日好听的发音语调像是被老虎钳子给夹过似的，别扭十足，脾气也极为暴躁。被点名的同学要是问题回答得结结巴巴，她便会瞪大眼睛开训，往日的温柔耐心全然不见。同学们互相瞪眼，大气都不敢出。可没人知道，是小耿的生理痛在捣乱。痛感直冲上头，她就会忍不住发脾气。而眼下已到冬日，空气都被冻得死死的。挡不住的冷空气像拿着锤子在她肚子里凿。一节课还没撑过一半，小耿就痛得后背直冒冷汗，几乎站不住。“魔王”托着腮，懒洋洋抛了句：“哈！我晓得咋回事。女的每个月那几天都会疼。”

小耿气得又羞又恼，食指拎起“魔王”的棉袄袖口扯着往教室外走，顺口回头嘱咐班长管好剩下半堂课的自习纪律。

她先命令“魔王”靠着教室外的瓷砖墙站直了，不到下课不许动，之后手一甩，捂着肚子跑去医务室买了止痛药。校医说，你这样子还上什么课啊？请个假吧！小耿哭丧着脸照办，向领导说明了情况，之后回宿舍吃了两颗止痛药，扯过被子把自己一裹，便迷迷糊糊地进入了梦乡……

日暮时分，小耿醒来，觉得痛已减轻了大半。晚自习的铃刚敲过，她惦念着辅导的事，收拾了赶去办公室拿教学资料。英语办公室空荡荡的，其余的老师早就去了各自的班级。她甫一坐下，便瞧见桌上摆着一个塑料扣碗，装的看不清是啥，酒红色里好像泡着大块土豆。碗旁边卡着张小纸条，她拿起看：“耿老师，这是我妈妈熬的番薯糖水，她说很甜很好喝，能缓解你的肚子痛。”

小耿心里有个秤砣歪了歪，储蓄已久的暖流肆意淌入心房。她打开还温热的保鲜盒盖，一股浓重的姜味扑面而来。小耿拿起汤匙，盛起一块柔糯如粉的番薯，一咬，半块入口，半块入碗。浸满了姜汁的红糖水极甜，裹着老姜的辛辣劲儿划过喉咙，刺得鼻头微微发痛。暖意流入身体，感觉格外舒爽。半碗之后，小腹便不痛了，糟糕的心情也逃逸不见。

之后，她收起纸条，悄悄绕去教室后门看小鬼头们。今天的自修课安静得出奇，每个人都在埋头认真温习功课。最后一排的“魔王”呢？那家伙撑着脑袋学小鸡啄米。小耿走去他桌边，敲了敲桌边，说：“出来下。”

“魔王”醒神，拽紧袖口跟着走出去。走廊上灯光昏沉，小耿恢复到轻言细语：“晚自习怎么又打瞌睡。我办公室桌上这糖水，是你送来的吗？”

“魔王”撇着嘴：“我妈做的，我只负责带给你。”

小耿心里嘀咕这娃怎么这么倔，带着他去了办公室。剩下半碗还有余温，她让“魔王”就着碗沿尝尝。小男孩咕咚一口喝完，舒服地呼出一股热气。腮上的“高原红”像雾气一般散开，晕了一大片。小耿拍拍他的肩：“替我谢谢你妈妈，糖水很甜。回去接着自习吧。”

第二天，在交上来的英文练习册里，她收到了“魔王”错误百出但工整的作业，外带一张小条：耿老师，对不起。

小耿心下一暖，想起自己近日种种，忍不住有点惭愧。所以，这天的课上，她真诚而郑重地为自己的臭脾气向学生们道了歉，顺带复习了有关sorry的种种语法，幽默风趣一如以往。学生们笑得东倒西歪。她知道，他们眼里敬畏的距离感早已剥离消散。她欣慰他们在成长，欣慰自己和学生互为师生——她教他们不断更新的知识，而他们回报给她最纯真的感恩及笑靥。

后来，小耿开始经常煮番薯糖水，而“魔王”没心没肺地到处“宣传”：挨训了没事，不过是去墨老师办公室坐着聊会儿天。聊渴了，就有糖水喝。可甜可甜，而老师也可温柔可温柔了。

老姜番薯糖水

食材

番薯、姜、红糖、红枣

做法

1、姜拍散，红枣去核切成若干瓣，水煮开后一起放入熬煮。
2、番薯削皮，用刀一块块撬开，并浸泡于水中，多换几次水以洗掉淀粉，使汤色更加清亮。
3、开中火，在锅中翻炒番薯，将水分炒干。之后再一次浸泡于水中，清洗几下。
4、将处理过的番薯放入熬煮好的姜水中，开大火煮沸并放入红糖。
5、转小火熬煮至番薯变软即可。

徐肯　男，23岁。

豆粒眼，痘痘疙瘩脸，个头不高，偏瘦。

因病右耳失聪，一个人来沿海城市打工。

单亲家庭长大，性格安静不争，但也积极向上。

爱穿黑色外套和“飞跃”牌运动鞋。

内心有一个无人知晓的小秘密，与一株树有关。

岁月侵蚀，香气重叠

喷香排骨焖饭

怎么可能孤独？左眼和右眼，左耳朵钻进、右耳朵钻出，鼻子分两个孔呼吸，牙齿两排碰撞才能咀嚼。老天爷成双配置，不就是为了预防孤独病。不过差点忘了，心只有一颗。

假设人体的器官两两为恋人，徐肯很早以前就加入了“失恋阵线联盟”。在他还是小毛头时，生过一场久日不退的高烧。病好之后，听力却变得很弱。幼儿园老师念名字、让小朋友上台领小红花，念到小肯，迟迟没有人应。老师误判他脑瓜不好使，劝徐爸徐妈带儿子去医院仔细查查。诊断结果出来时，徐妈差点瘫软在地——鬼画符一般的报告里，她只辨认出“右耳失聪”四个字，那么扎眼，字字如针往心里刺。小肯不懂，呆看着妈妈脸上积满了的痛苦神情。往往屋漏偏逢连夜雨，徐爸编了个借口外出打工，跑了，连带那句“我要多赚钱回来给儿子治耳朵”一起消失无踪。徐妈左等右等等不回徐爸，心寒到底：“他老徐别想再进这个门！”干脆斩断念想，把家里的担子全挑到肩头一个人扛。

徐妈总觉得是自己害了儿子。她以为烧退了就没事，不曾想却留下后遗症。加之自己粗心，硬生生错过了最佳诊治时间。徐爸消失许久，徐妈努力装作什么事也没有发生过，但在小肯塞着助听器、身高猛蹿的青春年岁里，却见过不止一回：妈妈躲着她，倚着床头压低嗓子轻轻啜泣。

长大的路途必定悲喜交加，小肯却从不惧外人的异样眼光。不管他们是嬉笑嘲讽，或者直勾勾喊他“残疾人”，他都不在意，只觉得那些人很无聊，不过贪了一时嚼舌根的爽快罢了。他唯一怕的，是妈妈那半掺愧疚、半掺担忧的心会让她自个儿活得不舒坦。所以高中毕业后，他直接放弃了大学，一只背包在肩，一副妈妈新买的助听器在耳，就跳上火车去了沿海城市打工。出发前在车站，妈妈摸了摸小肯的额头，让他放心去外面的世界；小肯告诉她，很快就回来。离家远游，也许是为了一探远方山背后的风光，也许是为了将那风光饱满眼眶，早日捎回家给家里的守居人看看。

沿海城市敞开怀抱欢迎小肯，他月付100块，在求职宿舍的床位住下。沿海城市很开放，可碍于特殊的身体情况，几乎没有单位愿意接收他。还好，在啃了几乎一个月的面包之后，转机出现了。那是当地一家福利机构，需要招聘一名文员。小肯的手写稿和以前发表在刊物上的文章看得招聘经理双眼发光，力邀他加入。正式入职的第一晚，小肯走在回租住间的路上，给妈妈打电话报喜，发声艰难但情绪欢愉地描述着来城里后发生的趣事、见过的新鲜食物和风景、照顾自己的同事领导……以期许能宽慰妈妈的心。妈妈顺着他的语速慢慢回复：“家里一切都好。那天你进候车室，我看见你背包外侧的小兜钩在墙上破了洞。你已经进了检票口，我大喊了几声，但你一定没听见。你呀，在那边好好吃饭，买个新的包包背。钱不够就说，我给你寄。”

妈妈的声音听起来好像无比遥远，又好像很近。小肯声声应着，呜咽声往肚子里吞。身旁呼啸而过一辆跑车，排气管的叫嚣声十分凌厉，他没有注意、也听不见。夜色笼罩，回程路旁青葱的树木都挤做一团，分辨不出第二种模样。但再往前走一点，有一株不知名的树孤零零地斜立在十字路口旁的草丛，像是被撒种子的人“恶意”抛弃而隔开来的。小肯仰头看它，枝叶浓密地望不见顶；树干上有被岁月侵蚀出的虎斑状色块，不留神看，还以为是一只东北虎在直立行走。夜风擦过明月也擦过树叶，小肯头顶哗哗作响，一连好几片叶子打着转掉落在他眼前。

清朗的夜风里适合回忆。小肯忆起小时候，自己最爱家里院子里那棵银杏树。春天，徐爸会在树干上系粗麻绳，钉钉捶捶造出一架秋千；秋天，小肯撑着长竹竿，跨坐在爸爸肩头奋力打果实。银杏果砸在地上所形成的小小浅坑，就像爸爸大笑时脸上下凹的笑涡。打那时起，他始终认为树有灵气，能通人性。多看树，不光润眼睛，还能进行“光合作用”、过滤掉心里堆积的灰尘。

就比如，眼前这棵高高大大的虎斑树——回忆的重叠令小肯感觉十分亲切。

下班后的晚上，小肯总是独自回家，吃过晚饭散步散去树下。曾有好多同学羡慕小肯听不见世界的喧嚣吵闹，说那样多好，不听蜚语不听中伤；小肯告诉他，想要清静，去图书馆就好，当然，要自动刨去高跟鞋“噔噔噔”走来走去的噪音。不过，这世界排名第一的静谧归属地，还是内心。他常抱着它自言自语，或者带上手电筒靠着树干静静读书，对着字母表练习咬唇发音。树虽永远沉默不开口，却不会消失离开，小肯心里盛满童年才有的安全感，像坐在爸爸肩头一样稳稳当当。车水马龙的摩登都市，没多少人耐着性子亲近他，可他多幸运，找到这位树先生做沉默盟友。讲给妈妈听，她说这叫偶遇的美丽。

有天晚上正靠着树干，小肯隐约觉得脚下有东西在拱来拱去——一颗灰色的卷毛头探出来，眼神怯怯地盯着小肯。他试探性地伸手去摸它的头，意外地没有遭到拒绝，于是又轻轻地把它抱起来。小家伙在他怀里哼哼唧唧的，像是在撒娇，又像是在讨饶。他猜它肯定是饿了，想起晚餐吃的清粥还剩一点，就赶忙跑回家用大碗盛了端来。狗崽通灵性，仿佛明白小肯的用意。待他喘着粗气回到树下，它也还乖乖地趴在原地没离开。美食递过去，小狗埋头吃得摇头晃脑，尾巴颤儿颤儿地甩。但舔完了最后一口，它就撒腿跑开，很快便消失在夜色里。

小肯不在意。第二晚，他依然想要再去看看，希望能与小狗再次重逢，而这次，他决定做一顿厉害的。小肯从菜场买回新鲜排骨、橙黄的胡萝卜和小伞形状的香菇，淘好米，预备做排骨焖饭——这是妈妈的拿手好菜，有着亲切温暖的味道。

他幼时挑食，尤其讨厌吃干巴巴、没滋味的白米饭。为了哄他多吃点，徐妈想了一个妙招：先炒好排骨和配菜，到蒸米

喷香排骨焖饭

食材

肋排、胡萝卜、香菇、葱、姜、蒜、酒、生抽、老抽、蚝油、冰糖、盐

做法

1、香菇、胡萝卜切丁备好。
2、排骨洗净，入开水锅烫一下去除血水。
3、过水后的排骨稍微晾凉，加入料酒、生抽、姜丝腌二十分钟。
4、锅内加少许的油，排骨入锅，小火煎至两面金黄。
5、加入生姜、葱蒜、几粒冰糖，用生抽及少许老抽上色。
6、放入香菇、胡萝卜、蚝油、盐，翻炒片刻盛盘出锅。
7、按平时正常蒸饭的步骤，先将米淘洗干净

放入电饭煲，再加入排骨等配菜。

8、将锅内之物用筷子或勺子拌匀，按下煮饭键。等其自动跳起后，再次将煮饭键按下，再煮一次，确保熟透。

9、等煮饭键再次跳起，即可开饭。

饭的步骤再把生米粒和排骨、配菜一起放入电饭煲，搅和均匀开焖。且不说翻炒过的排骨有多咸香，光是焖进排骨油的米饭，就是粒粒晶莹，像摔破裂开的水晶；香菇是佐排骨的好拍档，软软一戳，都是汁；亮橙的胡萝卜粒混在饭里格外出挑，熟得快的烂软、熟得慢的脆生，一嚼，都是甘甜清香。每次妈妈做了排骨焖饭，小肯总是趴在电饭煲旁边不肯走，缩起鼻孔使劲儿嗅香味。妈妈盛好的饭在碗里堆成小山冒“仙气”，不拿大勺舀起来“啊呜”一口咽下，简直对不起这道菜随意混搭的粗犷爽气。一连吃了三碗，小肯的肚子立时变得圆鼓鼓，这时就连打个饱嗝，都感觉格外美滋滋。

这晚天色明朗，云朵被月亮推着走。小肯将饭装好，匆匆下楼寻小狗去了。被焐热的饭盒盖泛起一层水珠雾气。半小时过去了，狗崽没来，他想它一定是贪玩迟到。一小时又过去了，狗崽仍旧没出现。盒里的米饭被油腻腻的香味裹得实实在在，但已经开始泛凉。流浪过来的一只小狗，并未如期而至，小肯心里空落落的。他打开盒盖，不知是被憋久了的水汽猛地扑湿眼睛，还是树叶上坠下的水滴，弄得他眼角湿漉漉的。小肯擦擦眼角，手指在键盘上飞速打字，问出了那个一直憋在心底、万分在意却不敢碰的问题：妈，爸爸当年也是什么都没说就走了，再也没回来过吗?

不过十几秒，紧握在手心里的老式手机震起来。妈妈的短信传来：你长大了也就说给你听。其实，你爸偷偷回来找过我们，我把他赶出去了。

“所以他还是爱我们的，对吧？”小肯对爸爸没恨，也没冷漠失望，只是在他消失的这么些年里一直在找这个问题的答案。他从“回来找过”里嗅到了能证明爱的“证据”，迫不及待地想听妈妈来坐实它。

“你爸当然爱你。不过他不在，我们不也活得挺好？我在给你织毛衣，过年回来就能试试大小了。”

小肯得到了想要的答案，心里的石头总算坠了地。那感觉，仿佛是一溜烟从山巅滚下草地那般轻快愉悦。天上星群稀疏，正有强风吹过，大树顶端的枝干晃起来，带动叶子“沙沙”作响。

他起身拍拍屁股，像第一次遇见它时那样抬头张望树干的最顶端。树冠葱葱茏茏，枝叶繁盛，仿佛一直延伸到了天际。往回走的路上，小肯攥了攥拳头，他想：从前，爸爸是大树；以后，自己要长成大树，好让妈妈依靠。过往不究，但现在一定要努力成长，才有资格看到树顶的模样。

Tina　　女，32岁。

双眼皮、大眼睛、长波浪卷发、红唇高跟，是她日常的标配。

现任外贸公司业务主管。职场春风得意。

生在新疆，最爱的家乡菜是大盘鸡。

干练泼辣、直来直去、固执念旧。

单身，独居，目前还在寻爱的路上。

爱的记忆无处落脚

新疆大盘鸡

每次出差到外地，Tina下了飞机做的第一件事，是落地开机、处理公事；第二件事，则是低声耳语交代助理：“小王，替我找找当地做新疆大盘鸡的馆子，找一家风评最好的，把具体地址发来，我忙完了要去吃。”

Tina今年32岁，是外贸公司业务主管。铜锈色大波浪卷发、高挺鼻梁纤秀鼻翼、眼睛椭圆形、眸子棕黑。在她眼里，包臀裙以外的裙子全是小女生款，八厘米以下的高跟鞋都是平跟，不涂正红色口红枉为女人。她走在公司里，像团明火，外在艳丽慑人，内里热情激昂。不过她的能力眼力均犀利，所领导的部门业绩成绩好几年都是公司第一。下属很爱她，但怕的更多点。用他们的话说，但凡讨论起工作上的事，她就呈现出战备状态，好像一头随时准备撕碎你的狮子。比如调研报告写得不够好，她会直接揉烂、再扔出去砸对方的头。

老一辈留下的话，不是用来教育年轻后生，就是来佐证八卦的可信度的。除了公司的上级老大，所有嘴都在说，Tina职场得意，情场肯定失意：如今都32岁了，没见过有开路虎的男朋友倚着车门等她下班，也没见过她在公司的年会上手挽过任何光鲜亮丽的男伴。

“Tina自身条件这么好，肯定要求奇高啦。”同事这么猜。

“呵呵。所以言下之意是我自找的咯？真酸。”Tina心里这么答。

风言风语听多了，也就见怪不怪。Tina依旧严苛对待工作，只要踏进公司大门，那就时刻都是战备状态。不过业余时间，她也依旧十分乐于享受，水疗、美甲、泰式按摩一个不落。就连跳爵士和学吉他，虽只是一时头脑发热，她也能学得有模有样，让人咂舌。外人都夸她冰雪聪明，不费力气就把自己的生活打理得这般好。Tina听了就笑笑：“谁规定的25岁非得结婚，30岁必须生子升职，40岁必定操持家庭，50岁还得给孩子带孙子？”“等我78岁满头白发，就去做个挑染，天天跳广场舞——灵魂的状态不受生理年龄限制，我觉得自己一直有一颗年仅20岁的心呢。”

Tina的灵魂似乎是有些慢，赶不上现代的感情程序——它们都更新得太快了。也许昨天才刚失恋、借酒消愁喝得烂醉，但下星期可能就已经订了机票，要和新欢同游异国了。Tina的一颗少女心，还活在17岁的初恋炎夏。在那之后的十五年里，每到夏天，她的心里都会下一场雨。瓢泼沉积的雨水落在心里，攒成一汪小池塘，轻轻一摇，就晃荡起来。这么些年没人注意，是因为她把外表撑得太好太饱满；而且有的感情并不适合拿出来说，一说，筑好的防线会决堤，然后全盘皆输。

Tina出生在新疆，人却是汉族。每有人问说“你怎么长得一点不像新疆的呢？呐，左右动脖子你会不会？”，她便脖子前后晃动两下，跟着哈哈大笑说自己是“旧疆”来的。她像是

故意要模糊掉故乡标签，只为了封存17岁时那个与他相遇的暑假。他比她大6岁，是朋友的朋友，他邀朋友去家里玩，顺口叫上了Tina。一帮人或坐或歪在地毯、沙发上弹琴喝酒，而他悄悄钻进厨房做出一盘香喷喷的大盘鸡。如今Tina已记不清他的脸，但却一直忘不了那盘鸡。鸡肉浓郁的香味、红椒冲鼻的辣味，似乎永远盘旋在她鼻口心间。

跟所有的人的恋爱一样，Tina因为一盘美味的大盘鸡对他有了好感，之后顺其自然地在一起了。先腻歪后吵架，但Tina从没想过要离开他，也从来没想过，爱是没来由的，恨更是没源头。他家里人还未见过她，就直接把她判入“黑名单”，怪罪于她“年纪太小”。“民族不同、信仰也不同。”他的家人对他说，“你是回族，怎么可以和没有信仰的人结婚呢？”Tina不服命，坚持不放手，直到她接到了南方某大学寄来的录取通知书。两人最后一回见面，他带她吃了一顿麦当劳，然后牵着她的手送她去车站。她上了车，找好位置靠窗坐下，眼巴巴地看着他，哽咽在喉的话快把胸腔撑破了，却一句也说不出口。Tina鼓起嘴往窗户上吹起雾，写了两个反着的字：等我。他只是盯着窗户里的她，没点头也没摇头。车子稳稳启动远离，行到路尽头拐弯，Tina拼命扭回头，看着他拉长的身影逐渐缩成小黑点，最后消失不见。

那之后她再没见过他，他也没找过她。只是常听家乡的朋友聊天时偶尔提起他：开饭馆了，家里人好像催着结婚了……Tina从来都云淡风轻，宣告早就放下他了，心里却纠结得生疼：想打探他的消息，却只会勾起回忆徒增伤怀；想完全不理，又忍不住惦记。过了很久很久，Tina总算下定决心，主动选择规避有关他的一切消息。大学里她拼命学习，只想毕业后留在当地，专心搏一番事业出来。

失恋的伤口起初都痛得汹涌澎湃，却在不知不觉之间，又都被时光敷上药膏慢慢治好了。缝线过的地方会结痂、发痒，余下的还有隐痛。但隐痛能根治吗？不可能。这东西无药可医，没人能治。Tina连滚带爬、每天连轴转，累得快瘦成人干儿了。而只有那时，她才敢停下来想他一会儿。回忆起来，脑子里全是他拥着自己，或者亲吻额头的场景。她好想他，也想新疆。自打爸妈搬到大连和哥哥一起住后，“他”和“新疆”本身，就一起被赋予了特殊的含义。想起他的同时，Tina也疯狂地想念烤馕、抓饭、羊肉串。秋天硕果镀金的丰盈北疆，雪压冰封。银装素裹的喀纳斯终日有人在吹冬日牧歌……情绪收不住的时候，她穿鞋提后跟时想，喝可乐时想，摘下路旁一朵野花时想，乘地铁时在呼啸带起的风里想。古人说“托物寄情”，比如余光中老先生的乡愁是邮票是海沟；Tina的乡愁就是他做的大盘鸡。土豆粉粉甜甜，和鲜嫩的鸡肉交错泡在红彤彤的辣子油里，如果再加上一罐啤酒，那就还能带出一点苦味，口感又多一个层次。躲在盘底的拉条子顺滑跐溜，蘸着辣油吞入口，顺着喉咙就流入了胃里。

不出差的日子，Tina每周都会下厨一次。因为她要求极致的地道，所以每份食材都是故乡朋友寄来的。循着菜谱一步一步料理，炒多久、焖多久、什么时候起锅，她都严格参照时间规定。但不知怎么回事，无论做再多回，也做不出他曾经烧出过的味道。Tina想不通，他到底放了什么迷魂药在大盘鸡里，或在她心里呢？让自己这般念念不忘。

再后来，她听说他的新疆馆子生意越做越大，分店都开到省外去了。二、三线小城市居多，一线大城市也有，而他也会不定期巡店掌勺。这个消息像是一粒小石子，顷刻间在Tina的心池中荡出了涟漪，且经久不散。她愈加频繁地向公司申请去

新疆大盘鸡

食材

鸡（一只）、蘑菇、土豆、青辣椒、皮带面（或河粉）、大葱、大蒜、生姜、盐、花椒、朝天椒、酱油、料酒、糖

做法

1、把鲜鸡切成一寸见方的块儿；备好备足各种配料。

2、热油。油要足够多，需把花椒炸透。

3、油热后放白糖炒，倒入鸡块进行上色，不想用糖炒色的可用酱油，最后加入葱、姜、蒜、朝天椒及各种香料，翻炒几分钟。

4、加入盐和料酒。

5、加入蘑菇，焖十五分钟左右（因鸡的老嫩程度而异）。

6、倒入土豆，继续小火煮到土豆熟为止。

7、倒入青辣椒、红辣椒和朝天椒。

8、略微翻炒后，出锅，装盘。

PS. 盘越大越好，皮带面要越宽越薄越好，可以把面浇在鸡上。

全国各地出差。同事私下都在讨论，她到底受了啥刺激？工作得如此卖命。现如今，在天上飞的时间比地下走的还多了。只是他们都不知道，或者说忽略了，Tina出差的另一主要目的，是跑馆子。

每当飞机越过云层上方，Tina总感觉有一些恍惚：她知道，自己其实一直带着没法解开的愁绪在身，很累，且无处落脚。到底是为了寻回记忆里的味道？还是为了一解当年不甘心的心结？或是碰碰运气看能不能再遇见他？Tina不敢去细想。但下了飞机，她一定会用最高效的方法完成工作任务，然后一个人换上T恤、牛仔裤和球鞋，去找助理帮她圈定的馆子。想以17岁的模样、装作缘分使然再遇见他，不奇怪吧？烈焰红唇，只是现在的模样，不是曾经，不是故乡。进了餐馆，她只点一份大盘鸡、一碗米饭，伸下筷子、不提一句默默尝：太辣的，不是，茴香搁太多的，不是，土豆软的，不是——只有他知道，她吃不了太辣，讨厌茴香太多呛到人，土豆偏爱有点硬的。恋爱后，为了迁就她的口味，他就慢慢地改了做法，她知道，她全都知道。

如今，Tina依旧独自在尝，但暂时还没找着那个味儿。她说，再给自己一年时间，如若能找到，就不顾一切收起双脚归巢。如若找不到，便把那份乡愁和17岁的爱恋留存在记忆里，毕竟，大盘鸡不止一种做法，而记忆是早已回不去的地方。

Part E

一小时的耐心守候

耐心的额度刚刚好

——柠檬扎片

相守一生终有别时

——排骨莲藕汤

过去再见，明天你好

——拜拜蛋糕

辣味褪尽，转苦为甜

——真汉子辣肉臊

汪阿姨　49岁，女，爱喜路邮局的资深送信员。
齐肩卷发、挺拔鼻梁、杏眼带鱼尾纹。
体型微胖，天性豁达。
三年前离异，现独居，女儿在外地上大学。

耐心的额度刚刚好

柠檬扎片

从山上蜿蜒拐下来的这条路，名叫“爱喜路”。路的境况跟名字一般甜：秋天盈满桂花的醉香；轮几个月，静待含笑梅破苞迸出的莞尔幽香。顺着路笔直往下到尽头，邮局屋顶的绿色尖儿忽隐忽现。为图省事，小镇上的居民都唤它“爱喜邮局”。

当小镇的清晨被海风吹醒，人们走在路上，就能听见老式自行车清亮嘣脆的铃声了——偶尔，还会夹着车轱辘老化特有的那种嘎吱作响。一听这声音，无论是穿开裆裤的小胖子，还是门牙“离家”、说话漏风的老奶奶就都知道，那是蹬车送信的汪阿姨来了。汪阿姨快50岁了，一向十分和善，递信给人时，嘴角总是含着笑。而且一笑呀，就会扯起眼尾的条条细纹，看起来格外亲切温柔。她总穿一身橄榄绿的工作服，清爽又精神，大伙都喜欢见到她——正常的嘛，人们日盼夜盼，不就是盼着她把期盼已久的好消息一起带来吗？

汪阿姨是爱喜邮局的老员工了。工作还讲究分配那会儿，她主动要求到邮局去做邮差。所以二十多年了，她每天都踩着踏板穿街走巷，拨着“叮咚叮咚”的车铃，送信、投信。汪阿姨喜欢听信件坠入空荡荡筒底的声音，令她感到格外安心。当时代更迭，人们不再钟情于信件来往后，汪阿姨的工作量也自然而然地少了。

“现在的年轻人呀，什么新鲜就玩什么。传个简讯，发个表情，就能领个女朋友回家，太轻率了！想当年我们谈恋爱呀，不靠纸笔谈上个百八十回，如何能轻易见面，你说是吧？”汪阿姨手上握着一沓信，正在听咖啡馆的老板娘抱怨。她那上高中的儿子不知是不是谈恋爱了，成天拿着手机东戳戳西点点。

信封累在一起有大有小，汪阿姨挑出给老板娘的那封，笑着附和：“是呀。比如你家老王，就一直活在上一代。外出打工那么远，也不忘每周提起笔杆子给你写情书，真够浪漫的。”老板娘半是娇羞半是喜，嗔怪道：“他呀，就是个伪文艺男中年。”说着，就不由得羞红了脸。

有细波浪在汪阿姨的心底晃荡开，她明白，那是“羡慕”。跟丈夫和平协议离婚到如今，一晃就快十年了。如今她独居爱喜路的一个小单间，早不记得有人惦念是个啥滋味。因为经济条件一般，再加身体常犯老毛病，女儿判给了前夫，没能留在身旁。虽然她非常懂事，但也只能偶尔抽空从外地跑回爱喜路陪她待几天。不过光这几天，就能乐得她脸上的笑纹又添两三条。

汪阿姨活得通透豁达，到这把年纪了，觉得盐尝起来都是寡淡的。她常跟女儿讲，没有什么够不到的欲望，也就没什么得不到的烦恼。人生至此，不必回头，安心大步朝前走即可。

那天快近黄昏，天边燃起了火烧云，汪阿姨的邮差包里还剩两封信待送。她掏出来看，一封照例是寄给咖啡馆老板娘的，另一封的地址却是自己住的地方。几区几楼几号分毫不差，自己的名字也填在收信人的位置上，被人用黑色的马毛笔写得遒劲有力、端端正正。邮局工作的近十年，她从没收到过寄给自己的信。相熟的人几乎都住在小镇或邻镇上，有事也是一通电话、几封短信给解决掉。汪阿姨定定神，莫名觉得从咖啡馆回家的路怎么一下变漫长了。

到家，脱鞋，她差点被玄关的木柜绊了脚。隔着信封嗅到的墨香，在拆开的瞬间扑面而来。字很少，两三行读完。橙黄的桌灯点亮，汪阿姨逐字读起：

“见信好！多少次我在你经过的路上徘徊，忆你我曾经共享、却从未正式谋面的时光。就算世界上最美的景致也比不上你浅浅一笑。明亮的眼眸，温柔的心，银铃般的轻声细语，都令人思念。我比不上最会写情话的朱生豪，一句‘醒来觉得甚是爱你’，道尽所有爱意。但也想借他一句‘风和日暖，令人愿意永远活下去’。祝好。”

念完，汪阿姨起身推开窗户，抬头仰望，一整片寂寥星空清澈如海。小镇的暑热天还没到呢，怎么就把她熏得头脑眩晕了呢？她不懂这封无名情书的来头，但想探个究竟。所以，她提笔回了信，次日上班寄回了对方的地址。

是这样的，选择了通信，就等于选择了“等待”。汪阿姨见过太多人拿到信时兴奋到脚不着地的样子，也看过好多人等不到信时，脸上无法掩饰的失落。以前她只负责传递悲喜，现如今自己等起信来，才真正晓得个中滋味。具体说不上来，像泡过蜂蜜的柠檬片，酸涩中又带点蜜糖的甘甜。

第二封信来时，汪阿姨正在邮局给信分拣盖戳。看清了收件人的名字，她拿起信就往厕所跑，莽撞得像一个思春期的少女。信依旧不长，但依然满页俏皮暖意。

“再说声你好。没想到你会给我回信，太意外。不好意思，这封回信迟了些，因我刚从台湾出差回来，琐事颇多。不过今日风轻云白，天气甚好。下午我独自去了一家甜品店吃点心。有款小食，味道很特别，做法却意外简单，叫柠檬扎片，你尝过吗？我描述不好，打个不太恰当的比方，它的味道，就像是从猜测你是否会回信、到收到你回信的那个过程。”

汪阿姨天生不擅长猜谜，但她打算手动解谜。家附近超市里的柠檬三个捆在一起卖，个头小，皮皱巴巴，看起来简直“少年老成”。汪阿姨被自创的形容语逗乐，转身离开，骑上自行车优哉游哉地去了小镇的水果市场，买回了两个体态匀称、皮色黄澄澄的好柠檬。之后，又顺道拐去咖啡店，问老板娘讨了些纯正的黑咖啡粉。

老板娘打趣道：“从不喝咖啡的人，怎么突然想喝……黑咖啡很苦哦，当心！”

汪阿姨笑而不言，秘密藏在眉梢里。

柠檬扎片的做法实在是简单，但等的过程却十分漫长。处理好的柠檬片需放进冰箱冷藏一小时。必须耐心，否则可能风味不佳。当然，耐心额度不够用的时候，一切都显得停滞悠长；反之，则快得超乎想象。

汪阿姨端出冷好的柠檬片。冰冷的瓷盘上，“躺”了三片形状浑圆、色彩分明的清新“圆圈”。她坐在沙发上，循着“陌生人”教的步骤开始吃：整片放入嘴里，先用舌头压住，让表面的冰糖和柠檬的酸味稍稍中和一下，再下齿去咬——“吃完整个口腔都为之一振，好像体会到了人生的酸甜苦。实在受不了，可以配一杯咖啡。”信里是这么说的，很奇妙，汪阿姨也全都感受到了。柠檬酸、冰糖甜、黑咖苦，生活味道，大抵如此。吃完，她铺开信纸回信：“……当你扛不住冲头的酸味时，有咖啡来拯救，那般自然。因为你需要，所以它就来了。”

一来二去，汪阿姨和陌生人的信件往来越来越频繁了。汪阿姨笑自个儿幼稚，甚至开始想象自己有天不送信、换别人来送的场景：等啊等啊等，总算等到楼下由远及近、渐渐清晰起来的车铃声。负责派送的是位阿叔，戴着墨绿小帽，面相有点凶，却还是笑着把信递给了自己。阿叔喜欢摘花，运气好的时候信上还会沾上片三月里的桃花瓣。

周六，汪阿姨特意调了班在家休息。女儿的学校正放假，赶来小镇陪她。她见老妈脸色不似从前般枯黄，反而在厨房摘菜时会不时地嘴角泛笑，便打趣道：“妈，最近心情不错嘛！是不是夕阳红恋爱啦？”

“哪有！你这孩子瞎说！”汪阿姨的脸上飘起一缕绯红，连忙否认。

女儿没放弃追问，挽着她的胳膊撒娇：“说嘛老妈，你知道的，我可不反对你谈恋爱。老爸有人陪，你凭啥一直单着身？有人陪多好啊，至少想分享的时候能有人听。”

汪阿姨侧过头，看着女儿，把来龙去脉全告诉她。

女儿听完捂住嘴大笑，眼里往外迸火花：“啊，原来他还真写了！前段时间呀，我在网上看到一个活动，叫‘给陌生人写封情书’。我登记了信息，但偷偷留的是你的地址哟。”

汪阿姨一愣，直戳女儿的脑袋瓜：“小鬼头！我还想，这把年纪了谁还会给我写情书呢？不过，交笔友的感觉真是不错——好像互相还不了解，但又像已经认识许久……你说咧，没准这次你老妈真的夕阳红一把！”

女儿拿起一片柠檬扎片慢慢地嚼，酸得脸歪：“没错，老妈加油！这么会吃酸甜苦的人，正好补了你的爱吃辣。等见面了，让我来把把关。”汪阿姨听了，也拾起一片放入口中，被酸得眉头紧蹙。母女俩看着对方的“柠檬脸”，笑着在沙发上滚成一团。

楼下由远及近传来车铃声，同事扯着嗓子大喊：“老汪啊，你的信来咯！”

柠檬扎片

食材

柠檬、咖啡粉、冰糖

做法

1、先把柠檬洗干净，横切成厚片，也可以再切一刀成半圆形。
2、在柠檬片上撒咖啡粉，最好是黑咖啡粉。
3、再撒上比咖啡粉多一倍的碎冰糖。
4、最后可以放进冰箱里冷藏，一小时后即食。

PS.如承受不住酸味，可配上一杯咖啡。

老倔头 男，80岁。

瘦，驼背，鼻梁高挺，眼眶深陷。

是战争年代过来人，将自己的一生都奉献给了教育事业。

虽儿女绕膝，不缺天伦之乐，可惜一年前老伴仙逝，现如今只能独守空巢。

相守一生，终有别时

排骨莲藕汤

老倔头，性格倔如牛，并且格外抠门。

下个月八十大寿，儿女几个主动凑在跟前，商量着想找个热闹的地方多摆几桌庆祝庆祝。他却摆摆手，直接拒绝："别搞那些铺张浪费的事情，没必要。我过生日，你们都来吃个团圆饭，就够了。吃完后都回去，不用你们在这儿陪我。"

狭小的房间里没有装空调。秋天已至，天气渐爽，但秋老虎回头的这几天，还是把一屋人给热得直冒汗。浓稠的热蒸腾着，浸湿了带着汗盐味儿的老头衫。衫上破了好几个小窟窿，老倔头没补，觉得它自然透风。房间在一层，带着间小院子。墙角潮湿的蘑菇，以及院外街上躲不过太阳炽热目光的太阳伞，都在窃窃责备：“这老头，抠得连台空调都舍不得买！”

站在80岁的人生岔道口，老倔头觉得，这把年纪已谈不动什么退步回首。非得说遗憾，那就是前两年不慎把老伴给弄丢了。因为病痛折磨，她的手已皮包骨头，再没多一丝气力，说放就放了。出殡那天，儿女孙辈排排跪下，老倔头念起自己写给老伴的悼词。他不要任何人扶，脸上没泪，只靠释然平和的语气撑着，直直站定在灵堂中间。当老倔头念到自己在城里读书、无暇顾家，老伴连夜用扁担挑上发高烧的老三进城看病的往事时，终于撑不住，万千呜咽哽在喉头。本来洪亮宽阔的声音，一下就弱了，如风中残烛，再也无力多说什么。

现在回想起来，依然觉得胸闷。五年前的某个黄昏，他在房间指导小外孙做数学作业，突然听见“咚”的一声闷响毫无预兆地从客厅传来。老伴不知怎的摔倒在地上，手里还半握着铁锅的把手。锅里的排骨甩出，藕汤也溅得四处都是。送老伴往医院的路上，老倔头彻底慌了神。这么些年，她除了偶尔感冒、老寒腿发作抽筋，身体没啥大恙；可这一跌，却被确诊为脑血栓，正对上他的不祥预感。出院后，他亲眼看着老伴的身板一天天佝偻下去、眼神放空，直至嘴里含糊不清说不出话，认知障碍辨不出谁是谁。她整日整日地坐在藤椅上发呆，困了就闭眼打盹。他端着勺子喂她吃饭，她会像小孩儿一样任性，把吞进嘴的东西又吐回桌上，惹得老倔头佯装发脾气：“不吃怎么活下去！”转过身却偷偷擦泪。没办法，只有炖汤。骨头打碎，精髓溶进汤中，能不费力让她吃下并流进身体里。

当地人最常炖的是排骨莲藕汤。不管哪层哪户用土罐煨上了，香味就会自动飘出门，逸满整幢楼。野狗也循香而至，想讨两根排骨啃一啃。老倔头爱喝这个，老伴摔倒前也爱炖这个。她挎着菜篮去采买。先买藕——新鲜上市的莲藕粉又嫩，手一掰，藕丝扯起三尺长还不断；再买肉——排骨一定得选肉实紧致的。掂起来闻一闻，捎带点新鲜的腥味；摸一摸，干燥不粘手。选好之后，还得特地嘱咐师傅好好切好，不然不要。最后拎回家，过滤了血水，再洗干净。藕随意切大段，姜片、葱段、一点点盐。最后将所有食材放入一直在用的黑泥瓦罐里，坐上火，让它在厨房里慢慢熬。

等到夕阳跃过树尖洒进屋后，就是正好完成的时候。而藕汤的香味，也早已四下弥散开了。老伴招呼着吃晚饭，老倔头喊孙辈们抬出方桌。汤端上来，孙辈们的碗里堆着排骨，老倔头伴装要夹，被老伴一掌拍落："罐里还有，你别抢！这些都是给小宝贝的！"老倔头听了，笑得眉眼弯弯："好好好，小宝贝吃了长个子！"

炖汤是做减法，佐料越少越好，汤越醇越鲜。油是清亮亮的，能看清罐底沉淀着的骨头，而藕块的间隙里也会有咕噜着的气泡往上涌，令人看了尤其觉得踏实安心。老倔头舀上一勺，先吹气，再送到老伴唇边。她吸了一小口，却吐在碗里，摆着手呜咽着说："咸……咸……"。老倔头才明白，自己一直觉得恰好的咸度，对老伴来说，其实是过重了的，他却一直不知。

没过两年，老伴的身体越发虚弱了，以前还能勉强靠着藤椅坐会儿，后来干脆直不起腰，在床上一躺就是半天。当过快三十年的语文教师，所有圣贤道理老倔头都懂，而经过这几年，他也愈发看得淡然、愈能接受生死无常。晨练时碰到熟人问起老伴的病况，他轻叹一口气，转而眯起眼睛无奈地笑笑："她呀，现在躺在床上吃也吃不进，喝也喝不得。谁都不认识，睁着眼望一天，也不晓得在找些啥，怕是熬不过今年咯。"

旁人安抚两句，他听听，手背在身后继续绕着操场打圈。

锻炼身体的习惯他始终没丢，老伴身体尚好时，天天拖着她的手出门一起走。人老了，器官的衰竭是挡不住的。现如今能做的，只不过不让自个儿再垮掉，不然老伴没人照顾。以前他一边散步，一边会捡些学生乱扔的废物当做宝贝带回家——这也是打小儿家穷，母亲教他要物尽其用的道理。什么文具盒，玻璃弹珠，还有招贴海报画，积了满柜子。这季节桂花开得正盛，他摘了一束回家，拿给病床上的老伴瞧，熏得满堂满屋清雅淡香。

一切都很平静。直到一个平常的午后，老伴躺在床上、撑着眼皮始终不愿入睡，像在等着见什么人。老倔头赶紧打电话叫来上班的儿女和孙辈。下午2点，搭客车赶回来的长孙一入房门，老伴终于合了眼。老倔头看着儿女七手八脚地把老伴往灵车上抬，自己则立在旁边，一言不发。锅灶上，中午没喝完的汤已经泛凉。

老伴过世后，老倔头坚持住在原来的房间，家具陈设都没变过。两张床，窄的那张自己睡；宽的那张大木床空荡荡，仍

莲藕排骨汤

食材

排骨少许、莲藕、香葱、生姜、料酒、胡椒粉、精盐、味精

做法

1、排骨洗净，砍成三厘米长的小节。

2、刮尽莲藕表面的粗皮，切成块，洗净。

3、生姜洗净切成两半。

4、锅内放适量水，放入半块生姜、香葱、料酒，烧沸后下入排骨，汆水后捞出待用。

5、炒锅置火上，加水，下排骨、半块生姜、香葱，用大火烧沸，去尽浮沫后改用小火，炖约二十分钟。

6、把莲藕、排骨及汤汁一起倒进砂锅，再炖三十分钟，拣出生姜和香葱，放精盐、胡椒粉、味精即可。

留给老伴。电视柜旁摆起一张红色小桌，儿女小孙进屋第一件事，就是点上三炷香，叩首墙上的照片。时间久了，偶尔进屋打哈哈给忘了，老倔头正色道："快，给婆婆上香。亏婆婆生前那么疼你。"80岁那晚的家常宴席，儿女均至，热热闹闹凑在一起吃了顿便饭。老倔头坐在正中，放下碗筷，笑呵呵宣布有话要说。

桌上静下来，推杯换盏互敬酒的手放下来，老倔头说："我老倔头，活到这把年纪，很不容易。婆婆突然生病走了，我这身体，你们看着还行，说不定哪天就垮了。我这一生，满意。儿女孝顺，孙辈争气，没啥遗憾。最遗憾的就是没能照顾好婆婆、让她多享受享受晚年的清福。我不跟你们住，你们时不时来看看我，就可以了。没事我自己炖点藕汤喝喝，多好。别的什么营养补品，就不用买了。婆婆走前跟我算了笔账，我们存下来的积蓄，还能给大孙子娶媳妇包点份子钱，再给小孙子上大学包个红包。遗产分配我都写好了，这房子我死后怎么处置也定好了。"接着手一挥，又强调，"你们啊，不要争。留点时间、留点空间给我就行。"

沉默许久，总是为家产吵闹的大嫂红了脸。

老倔头自诩为“三半居士”——半聋、半哑、半边身子进了棺材。天边有云成群飘来时，他拎起一把酒红色的木头小椅，放在院子里。秋天的阳光特别暖，害得人身上又燥又痒。老倔头眯起眼睛，头垂着垂着就入了梦，睡在了秋风里。人老了怕受凉，他穿着厚重的黑毛线大衣、黑棉裤、猩猩头的大棉拖，头戴黑色的格子纹画家帽。帽檐伸得长，把光线折了又折、才投射在他那已然凹陷了的眼眶上。而腿上摊开的那本《宋词三百首》，一直停在苏轼的《江城子》那页上——“十年生死两茫茫，不思量，自难忘”，风刮得书页凛冽作响。下到院子里需要走矮矮的三级石阶，逼仄的过道上堆满了他捡回来当宝的劳什子。小炭炉支着，瓦罐里的莲藕汤依旧默不做声地隐隐翻滚。

莲藕是赶早去菜场买的。溜达去菜场的路走了好几十年，如今越来越窄，窄得只容得下老倔头的一片身影。这一样的路啊，从前宽，他总是拖着老太婆的手一起慢慢走。

小橙　女，27岁。

圆脸，皮肤白皙，个子娇小。

个性强势、反叛，有冲劲，

家有一个亲生妹妹，叫小茗。

现客居成都，单身，是一名蛋糕店的老板娘。

过去再见，明天你好

拜拜蛋糕

刚开春，小橙就张罗着把楼下的蛋糕店盘下来了。彼时天还寒，地冻得板结、还没化雪，小橙每天踩着厚厚的靴子往店里跑，边搓手、边哈着冷气边跟装修师傅商量“墙是刷成淡紫色还是粉白？”“头顶吊几盏灯，散开的光源才能把食物衬得好看？”。她皮肤白净，脸小巴掌小，而眼睛，则比“小”还要小一号——似两粒绿豆嵌在白面团上，表情一变化，绿豆就会打转转。

但奇怪的是，妹妹小茗的眼睛比她大许多，天然卷的睫毛翘而长，眨起来忽闪像风帘，蜻蜓飞来停住。小橙不服气，一直对此耿耿于怀：“凭啥从同一个娘胎出，眼睛大小却差那么多？”她心里犯堵，跟妹妹闹别扭，一旦离开爹妈所能瞧见的范围，便佯装失忆于他们的千叮万嘱——“你是姐姐，要时刻牵好妹妹的手。”

比如小时候，有邻居小朋友招呼小橙打泥巴仗，她便生硬地命令妹妹坐在街旁的石墩上不许走。而自己扯掉凉鞋、转身就疯跑着扎进战斗中去了。玩累了，停下来猛喘气的间歇往妹妹那边瞥去，却发现小茗一直乖乖坐得很好，不吵不闹，抓着脚边的绿叶逗蚂蚁玩。

小茗乖了二十六年，小橙就皮了二十七年。妹妹性格安静，不多言语，但成绩却顶好；而从小到大，喜欢小茗、追求小茗的人，也多得快有一车皮。但她不倨傲，挑定了一个，就一直好好地在一起。过年的团圆席上，小茗柔声柔气地宣布，要和交往了两年的男朋友结婚了。婚期很近，就定在三个月后的五·一假期。爹妈高兴坏了，拽着未来的女婿连碰了好几杯酒。

所有好事，发生在妹妹身上的叫“自然”，出现在自己身上的便是“踩狗屎运”。对此，小橙早就习以为常。大年初一一大早，她赖在床上，因此被爹念叨，说她都27岁了，工作还没稳定下来，谈了个男朋友还远在四川，只是个送煤气罐的，没出息。茗茗比你小，却马上要结婚了。能不能学着点呢？

小橙气急攻心，当下便订了张机票决定飞成都。她自以为这是惊喜，可男朋友接到她落地后打来的电话，却比陨石撞地球还讶异。电话那头支支吾吾，令人好生疑惑。像回应着她的心思似的，听筒里适时蹿出的一句嗲嗲的女声，彻底证实了小橙的猜测。她挂上电话，删除号码，走在大街上抹泪珠子。“三年算个屁啊，居然过个年就没了。”小橙明白，她递上信任来买“爱”，他却没信任可找零。

手机嘟嘟响起来，显示小茗来电。她划掉拒接。铃声锲而不舍，她再划掉，如此反复好几回。越伤神越逞威的性子，小橙算是改不了了。而小茗发来短信，语气甚是焦急：“姐，你在哪儿？！家里人找不着你都快急死了。看到短信给我回电话！”只一句，逼得小橙明明刚擦干的眼泪又决堤，“哗啦啦”流个不停。她按下回复键：“一切都好，勿念。我出来散散心，好了就回。”发出不到两秒，小茗简单回复来三个字：“好，等你。”小橙关了机，住进每天三十五元一个床位的青年旅社。躺床上时她在心底默默发狠，不混出个模样绝不返乡。

她看中了旅社楼下亟待转手的蛋糕店。问当地老友借了点钱，再加上自己卡里悄无声息攒下的积蓄，把店面盘了下来。从稍加翻修到正式开张，也不过两个月的时间。小橙初中时上晚自修，翻课外书被老师收走，她跑去办公室据理力争，硬是把书中教做海绵蛋糕的几页给撕夺了回来——她那会儿全心爱着烘焙，比看高年级的帅学长更来劲。小茗知道后捂嘴笑她动机不纯，不知是那会儿正巧肚子饿呢，还是想偷偷练本领、烤出来送给暗恋的体育委员。

想起妹妹是自然而然。小橙望着蛋糕店的新招牌，心里似打翻了五味瓶。青葱的成长岁月里，妹妹始终像她的跟屁虫，与她一起分享爹妈的爱，分享玩具、衣服；两人前一秒翻白眼互相揶揄，下一秒又凑一起讨论哪个发型最流行。她只准自己讨厌小茗，别人都不行。这种感情就这样，得爱恨产出平衡，方能牵绊持久。

小橙记挂着妹妹的婚期，打算亲手做款蛋糕作贺礼。自打初中迷上烘焙，小茗永远是这位“甜点大师”的首位试吃员。当然，“甜点大师”这称号，是被小橙逼着喊的。那时，小橙用攒下的零花钱买来了各种各样的模具、材料。家里没烤箱，就仗着嘴甜和一点加工费，跑去蹭街角咖啡店的专业烤箱。每每烤好，第一个总是端给妹妹尝。不管是泡芙、cupcake还是戚风，小茗都在姐姐的犀利目光里把头点得如捣蒜，并且大声夸赞着“超好吃！”日积月累的夸赞声筑起小橙的洋洋得意和无边信心，她忆起妹妹啃得满嘴蛋糕屑傻笑的脸，心里泛甜，决定要做款非同凡响的蛋糕——她可是这世上最拉风的姐姐呀，绝不能让妹妹失望。

为此，小橙雇了个人帮忙看店，而自己每天琢磨着婚礼蛋糕的配方。她越琢磨越糊涂，小茗喜欢的到底是巧克力粉还是香草粉，芝士还是蜂蜜呢？她心里没底。因为一直以来，不管自己做得再差，小茗都从没嚷过不吃。她拿起手机，犹豫着要不要发条短信问问小茗，却收到小茗发来的信息："老妈病倒，见信速回。"

小橙心里一"咯噔"，连忙收拾妥当往家赶。一到家，是妹妹开门迎了上来，握着她的手不住捶打："姐你太狠了！说跑就跑，发信息不回，电话不接。知不知道爹妈有多担心？他们整宿整宿睡不着好吗？都瘦了！我没办法，只好编个谎骗你回来。"

原来老妈并无大恙，小橙一颗心放下了，但还是忍不住红了眼眶。

是夜，小橙刚躺下，妹妹小茗就抱着被子跑来要求挤被窝。小橙一边嗔怪"这么大的人了"，一边让出一个身位。小茗欢天喜地地挤上来，自顾自地闭上眼，嘟囔说：“姐，你回来了可真好。”不一会儿便睡着了。本想闲聊几句婚礼蛋糕的小橙，这时也只好作罢。一颗心，好似盖满鲜纯奶油，又闷又甜。

第二天，小橙和爹妈面对面坦白了在成都的小生意，说是店里没人顾，下午就得走。爹妈担心，却拦不住。她假装要去妹妹房间整理衣服，实际是怕自己的悲伤被人发现。小茗上班去了，房间乱乱的，跟小时候一样糟。小橙踩在地垫上，往后退时被一个硬块咯住脚。捡起来，发现是一个日记本，里面飘落出两页纸。小橙认出，是妹妹的字，因为“还是那么丑”。牛皮纸苍黄，小茗画了朵云，工整写道：“姐姐今天做的蛋糕样子简单不花哨，但味道出奇得好。牛奶味浓，鸡蛋味香，咬一口又绵又软，像棉花糖融在舌头上。她告诉我叫‘拜拜蛋糕’，‘拜’念第四声，有祈福的意思在里头……但姐姐有时候真的很烦哎，逼我吃她做的蛋糕。上周的抹茶戚风虽然诱人，可我实在是喜欢不起来抹茶味。她瞪我，我就只好塞进嘴巴慢慢嚼，趁她转身就偷偷吐掉。姐姐跟我讲过她开蛋糕店的梦想，所以我不能说她做得难吃……”转到另一面：“又跟姐姐吵架，她嫌我交的男朋友不好。个子矮

拜拜蛋糕

食材

低筋粉50克、色拉油20克、牛奶35克、蛋黄43克（约三个蛋）、蛋白85克（约三个蛋）、白砂糖43克

做法

1、蛋黄、蛋白分离，分别装在两个容器里。装蛋白的容器要保证无油无水。
2、低筋粉过筛，依次加入色拉油、牛奶、蛋黄，拌匀。
3、打蛋白，分三次加进白砂糖，打发至中性偏干，稍微拉出弯钩状。
4、取三分之一蛋白加入蛋黄糊，拌匀；再倒回蛋白盆，切拌均匀（不要画圈搅拌）。
5、烤箱预热至170℃；面糊倒入模具，轻轻抹平。在桌上轻轻震两下，震破气泡。
6、放入烤箱下层，上下火170℃共烤四十分钟。十分钟左右时，将蛋糕拿出来，用锋利小刀在表面划出十字，再放入烤箱继续烤。

7、烤完立即出炉，将蛋糕连模具先从10cm高落下，震一下模子，把里面的热气震出来，然后再倒扣冷却，放凉脱模。

是理由吗？她什么都爱管着我。小时候玩泥巴被隔壁的猴子差点扔到眼睛，她冲上去就和猴子大吵一架，边揍他边把我护在身后，脸上脏泥一抹，说，谁再敢欺负我们家小茗，我揍到你妈认不得你！姐姐那时候真凶，可我知道，只要我有事，她肯定是第一个站出来护我的。”

后来，小橙还是眼红脸红地坐上飞机回了成都。但该做怎样的蛋糕，她心里有了谱。小茗喜欢的，无需复杂，和“姐妹情深”这自然的道理一样简单。她印象里的拜拜蛋糕，连奶油花边都没，只靠醇厚发酵的味道和满载的祝福寓意取胜。方子虽简单，她还是研究了好久，埋头试了好多遍。

婚礼举办时，小橙因为蛋糕店有些小纠纷要处理，没能回乡参加妹妹的婚礼，托快递将蛋糕寄了回去。婚礼格外热闹，妹妹打来电话：“姐，蛋糕无敌好吃，和你小时候烘的味道一模一样！”

小橙笑起来，两粒绿豆转圈圈，说：“你呀，还是那个顶顶崇拜我的小妹妹，文静又听话，但也不再是那个小妹妹了。我们都在成长，分隔好远各自生活。如今你嫁做人妇，我自个儿开店，都要和过往说拜拜咯。”天气渐渐暖起来，小橙去报了糕点学校的课程，跟着师傅学技巧。蛋糕店的生意一天天好起来，最畅销的那款牛奶蛋糕，叫做“嗨，明天你好”。

兔子　22岁，男。

身高180cm+，体型壮硕。

齐眉刘海，牙齿炫白，还有一对兔牙。

性格温吞，不善言语。

是体育系研一学生，一直在健身房兼职做游泳救生员。

辣味褪尽，转苦为甜

真汉子辣肉臊

这雨，要是明天还不停，就足足下了有半个月了。

先是瓢泼雨帘往下砸，雨珠被狂风斜吹着跑；直到落得筋疲力尽，傍晚时变成拖拉黏糊的淅沥。一颗、两颗，砸在室外泳池的平静水面上，勾出一圈两圈波纹。嵌在墙上的窗户起了稀疏水雾，从外朝里看，室内的池子依旧热闹，池边的观望台安稳地立着。台顶红色的塑料椅上，坐着的就是兔子。他脖上挂着一枚银哨，垂在微微凸起的两三块腹肌上，轻轻晃动时，会擦出一丝凉意。暑假还没收尾，晚上7点的室内泳池依旧热闹，完全没有人注意到窗外落于天地间、循环坠落的雨滴。兔子盯着摇摆波浪间一起一伏的花泳帽，眼珠凝住不动，直到视线慢慢模糊，聚成一个点。

他在发呆，双唇微张，像个刚从冰柜里打出的人形冰棍儿。无论是池内扑腾上岸的水，还是小孩嬉笑挤眉的脸，都不在他的“意识雷达”扫射范围之内。一切平静如常，是生活本来该有的样子。但意外，就是专门负责来打破它的宿敌。

这里是小区内健身会所的泳池，狭长形，由高往低的斜度，对应着从深到浅。若从此头游到彼头，只一个来回，就能切身体会到水深的自然变化。常有小鬼头会因耐不住被浅水裹挟的安全感，偷偷往深水区游。平常，兔子盯得极准，总是一口喝住。但是这天，当深水区突然荡出一阵阵尖叫后，兔子才回过神，一个猛子扎入水中。捞起的小男孩呛了水，腹部鼓鼓的。水里的人全都上岸了，纷纷围住这穿红色沙滩裤的救生员和紧闭着眼的小男孩。兔子很紧张，不知额上流的是汗还是没来得及擦干的水，努力地对着小男孩做人工呼吸。一起一伏，额上的水全滴在了溺水的肚皮上。

经过兔子的努力，小男孩终于“噗”地吐出一口水，恢复了意识，开始吐起来。很快，他的肚皮也瘪了下去，逃脱了生命危险。兔子如释重负，几乎瘫在一旁。很快，泳池便恢复了意外之前的那般热闹模样，好像什么也没有发生过，只有当值经理气吼吼走来，敲着兔子的头说：“下班后来我办公室！”

兔子心里“咯噔”一下，暗叫不好。他去过许多气场诡谲的地方，而办公室则在名单里排首名。

“怎么回事啊你！给我解释解释！”经理冷着脸，像霜冻在脸皮上。

兔子之所以叫兔子，除了外貌特征赋予的一对小兔牙，天生性格也和兔子一般——温吞，柔软。他张开口，细声细气地道歉：“对不起。我走神了。”

经理没听到满意的解释，一腔怒气无处释放，一气之下结了工资，告诉他从下周开始不用来了。

夜雨仍未停，但已变成了细丝缠绵状，打在外露的胳膊上，感觉痒痒滑滑的。兔子换好衣裳，失魂落魄地离开了。他没打伞，不知道去哪儿，更不想回家。家里全是女朋友不小心落下的影子，两人曾经的回忆一直留在那里，令房间显得拥挤不堪。当初她赌气说要分手，而且不会再见。兔子心里很堵，但沉默良久，还是只回了一个“好”字。女朋友愤怒地摔门而出，同时扔下一句“你怎么还是这么怂？！”，从此消失于他的世界。回想起来，房间里处处是女朋友的痕迹。比如卧室吊顶上的星群和一弯月亮，就是她奋力踩着木凳贴上去的荧光贴。贴好的那天，她用手遮住兔子的眼进了房，让他仰面躺下，而后，喜滋滋地关了灯。她像小狗摇起欢快的尾巴一般，兴奋地说道：“哒啦，睁眼吧，我把星星给你搬回家啦！”而他惊呆了，像一个白痴似的张着嘴。

曾经爱得那么浓烈，但却依然抵不过时间。歌里不也唱了吗？“相爱容易相处难”。不知怎么的，两人之间的摩擦越来越多，女朋友总是恼怒于他温吞的性格。他总说改，但也总是无法令她真正满意。最后，她走了。也就是最近这半个多月的事。兔子心里很难受，一不小心就发呆过头，致使工作出了纰漏，险些酿成大祸。他告诉过女朋友，从来没人给他看过星星，她是第一个。但他没来得及告诉她的是，二人关系中，选择离开的，她也是第一个。

因为下雨，所以没有星星，孤独感被冲刷得愈发清透明显。擦身而过的越野车，前轮滚过水坑，飙起了大片积水。不知不觉间，兔子走到了街角的夜宵摊。昏黄的灯光打在红蓝相间的篷布上，色调配得恰暖人心。馄饨铺前，留了条长板凳，能收纳不少夜归、饿着肚子的人。兔子坐下。案板上整齐地码着卖相极佳的小馄饨，旁边绿色的一筐筐，分别装着的是葱末、馄饨皮还有找零。另有一个白碗，堆着酒红色的一坨不明物体，看起来粘得紧密扎实，在温暖灯光下，有一种格外诱人流口水的感觉。

兔子问老板："这是啥？"

老板忙着捞馄饨跟应和隔壁烧烤摊的客人，只顺手指了指牌上的字——"辣肉臊面"。兔子想起爱吃辣的她。大辣椒、黄尖椒、朝天椒、花椒，她统统都爱，而吃过辣之后，那涨得通红的脸亦特别可爱；不过怕辣的自己，从来都是推掉她递过来的美食。

“老板，一份辣肉臊面。”兔子鬼使神差，要试辣。

面很快就做好了。它那刚端上来、冒着热气的样子也最有一种朦胧美。大堆的肉臊铺在碗面，毫不含糊。肥瘦切匀的肉块裹满辣酱，浸久的油自然往下滑，反射出亮灿灿的红黄色彩。兔子搅拌起碗底的白面条向上翻，肉臊里藏着的辣椒滚落面条里。一瞬间，本是覆盖与被覆盖的两层，被翻涌成红白相间的一团，携着香气翻滚在筷间。

是想念给了兔子勇气，他吃的“哧溜哧溜”的，一口接一口，十分畅快。起初觉得辣味不重。面条从筷子间滑落，溅起的辣油调皮地跳上兔子的白色T恤。他低头擦拭，就在这时，辣味却在嘴里渐浓回温，从胃反冲回喉咙，烧得他喉头干渴难忍。之后，余味散尽，只剩一点辣味压在舌苔上，还有几根Q弹肉丝儿夹在门牙缝里。辣是很容易让人上瘾的东西。兔子一鼓作气吃完，辣得自己脸红耳赤，眼眶泛湿，但又觉得倍感舒爽。身子一歪，泪就垂坠了下来。

老板一怔，问他：“小伙子这是怎么了？”

吃好辣，身暖了，心胸跟着开阔，兔子清清喉咙，打开嗓门，对着老板大力挥手：“没事儿！就是女朋友走了，工作没了呗。你放心，面钱我还是有的。”

老板甩给他一个疑惑的眼神，继续煮馄饨。兔子站起身，掏裤兜给钱。起身未稳，头撞上棚子角上悬着的灯泡，晃得棚子里忽明忽暗。肉臊安静地沉在亮油下面，像辣味在酝酿发酵。兔子递上双倍钱，抖开胆子，问老板单独买份肉臊，打包带走。

老板接过钱，找回给他一半：“肉臊不单卖。”接着，就提刀剁起肉馅来。

尴尬空气流转，兔子迈脚离开。才出半步，刀声却停下，换上老板低沉的另半句：“那个，你得保证游泳时看好我儿子，别让他像今晚这样呛到水就好。另外，肉臊你可以免费拿。”

兔子愣在原地，被羞愧和抱歉钉住脚，向前不是，向后不得。他不由得脸红，半响，才头转九十度扔下一句“对不起”，

真汉子辣肉臊

食材

前腿肉、洋葱、姜、蒜、八角、桂皮、丁香、花椒粉、辣椒粉、郫县豆瓣酱、黄酱、白糖、黄酒、生抽、老抽

做法

1、前腿肉切丁，肥瘦分开备用。
2、洋葱、姜、蒜切末。
3、加入少许油，用小火先炒肥肉。
4、肥肉出油后倒入洋葱末、姜末、蒜末炒香。
5、放入香料炒出香味后倒入瘦肉丁翻炒，加花椒粉、辣椒粉快速炒匀后放豆瓣酱、黄酱、白糖。
6、闻到酱香改大火加黄酒、生抽、老抽。
7、加水，小火熬煮三至四个小时。

之后，飞快地将身影消融在夜色里。直到快步走过第五棵大松树时，兔子才意识到这几近泡在雨中发霉的城市有了一种马上就会干燥起来的迹象。头顶没有调皮的雨水砸落鼻尖，被积水淹没不见的斑马线也悄悄重现。

他是跑着回健身房的，长臂一挡，截住要下班的经理，诚恳检讨了自己的失职。在肉臊面摊上，老板给的勇气并非源自辛辣的肉臊，而是寡淡一句抛出的“原谅”，和解得自然而然，像天下雨，秋树结果。

近凌晨，兔子爬上楼顶天台，去看漫天星云。有大批快马加鞭的云赶着往同一个方向跑，轻易卷走好几颗星。无论明天是否天晴，天空都不为它们保留恒定的坐标和运行踪迹，因为，过去的就该过去。

“是啊，她早就离开了。”

与拧巴的自己和解，这痛快的感觉一如吃辣肉臊。先是反复烧胃虐舌头，再是辣味褪尽、转成的苦或甜，直至某刻无味方休。